zum Text:

In der Titelerzählung „Wittenberg" begegnet ein „Wessie" sowohl der DDR-Vergangenheit als auch der Nazizeit und dem historischen Luther, und einem ihm bis dahin unbekannten Teil seiner eigenen Person. Handlung und Dialoge kreisen um Schuld und Liebe. Gleichzeitig lernt man die kulturellen Sehenswürdigkeiten und die Menschen dieser faszinierenden Stadt kennen.

zum Autor:

Engelbert Manfred Müller, 1940 geboren, in Köln und Leverkusen aufgewachsen, war 40 Jahre als Lehrer an Volksschulen, Hauptschulen und Gesamtschulen tätig. Davon verbrachte er 9 Jahre an Schulen in Chile und Mexiko. Nach seiner Pensionierung 2003 tauschte er sein jahrelanges Malhobby gegen das Schreiben ein.

2015 erschienen „Das Auge der Stadt" und 2016 der Roman „Ein Schlüsselanhänger", ein Band mit Erzählungen aus Lateinamerika unter dem Titel „So nah und so fremd" und ein Band mit Erzählungen aus Südeuropa unter dem Titel „Extremadura" im Buchhandel.

Engelbert Manfred Müller lebt seit 1982 in Bergisch Gladbach.

Wittenberg

und andere Erzählungen

von Engelbert Manfred Müller

Bei der Gestaltung der Titelseite wurde ein Foto von Concord in Wikimedia verwendet.

Bibliografische Informationen der Deutschen Nationalbibliothek:
Die Deutsche Nationalbibliothek verzeichnet die Publikation
in der Deutschen Nationalbibliografie, detaillierte bibliografische
Daten sind im Internet über http:/ /dnb.dnb.de abrufbar.

© 2017 Engelbert Manfred Müller
Herstellung und Verlag:
BoD – Books on Demand Norderstedt

ISBN 9 783743 177345

Inhalt

Wittenberg	7
Mord am Bahnhof	104
Der letzte Lehrer	122
Tee aus Luxemburg	129
Niedrigwasser	146
Ein unscheinbarer Betrug	160

Wittenberg

Die harten Schlagzeugtöne am Anfang des Musikstücks hatten auf Hartwig immer gewirkt wie der Beginn von etwas Neuem. Das Alte wurde ausgewischt wie mit einem triefenden Schwamm auf der Tafel. Und dann die neue Welt mit ihrer zarten Berauschtheit. „Something in the way she moves" musste er sich immer noch anhören, wenn er das Gefühl hatte, in eine neue Welt eintauchen zu können und alte Gewohnheiten abstreifen konnte. Er drehte den Kassettenrekorder in seinem Wagen auf volle Lautstärke.

Bei der Fahrt von der Autobahn nach Wittenberg war er überrascht gewesen von der Einsamkeit auf der Straße, den kilometerlangen Wäldern, die er durchfuhr, aber auch von der Tatsache, dass die Strecke auf seiner Karte als landschaftlich sehenswert gekennzeichnet war. War sie eigentlich nicht, wenn man von der Ausgedehntheit der Wälder absah. Sonst flache Landschaft, forstwirtschaftliche Wege, Kiefern und Buchen, keine Bäume, die durch besonders großen Stammumfang und damit außergewöhnliches Alter aufgefallen wären. Eher das Gegenteil. Die durchfahrenen Ortschaften menschenleer, bis sich das Bild bei der Einfahrt nach Wittenberg änderte. Ihm fielen die herausgeputzten Villen aus der Grün-

derzeit auf. Später sah er ein ganzes preußisches Viertel, das den mittelalterlichen Kern wie ein Kordon umgab.
„In der Stadt wohnten über lange Zeiten hindurch fast mehr Soldaten als Einwohner", erklärte ihm eine alte Frau, als er vor einem der preußischen Schulgebäude stand, das mit seiner erstaunlichen historistischen Fassade aus Backsteinen die Umgebung beherrschte.

***

Pension Freundschaft, eine ganz besondere Pension. So hatte es im Internet gestanden. Was war hier wohl so besonders? Er parkte seinen alten Golf auf einem Parkplatz hinter dem Wohnblock mit seinen großen Rasenflächen und den Teppichstangen. Eine runderneuerte Siedlung aus DDR-Zeiten? In der Sonne, die sich nun endlich entschlossen zu haben schien, den Beginn des Aprils zum Frühling zu erklären, standen Nachbarn, die sich über Nachbarn unterhielten, über die Kinder der Nachbarn und die angekündigten mikroskopischen Rentenerhöhungen. Der dunkelblaue Golf wurde mit Verwunderung registriert. Der gehörte doch nicht hierhin!

Als Hartwig an der Nummer 10 klingelte und ihm keiner öffnete, erblickte er den Zettel, auf dem man aufgefordert wurde, sich bei Neumanns zu melden, falls niemand da sei. Neumanns sollte man in dem großen grauen

Haus auf der anderen Straßenseite finden. Er fand aber weder geradeaus ein Türschild mit diesem Namen, noch an dem nächsten Haus nach links, noch ein Haus weiter nach rechts. Er schaute sich noch mal den Zettel an. „Straße überqueren und das große graue Haus hinter" Was hieß denn hier „hinter"? Das Wort war doch hier offensichtlich nicht als Präposition, sondern adverbial gebraucht. „Ganz hinten am Ende der Straße" vielleicht? Ein merkwürdiger Sprachgebrauch wäre das allerdings. So war es dann aber. Auf der Rückseite dieses Hauses befand sich das Klingelschild mit dem Namen Neumann.

„Es kommt gleich jemand", meldete sich eine gleichgültige Stimme, als er sich durch die Sprechanlage vorgestellt hatte. Er hatte das Zimmer von Berlin aus vorbestellt. Es erschien eine weite schmuddelige Freizeithose, aus der schwarze Nylonsocken hervorschauten, die in Badelatschen endeten. Darüber eine Frisur, die sich längst nach einem Friseur oder einer Pflege sehnte, darunter schlitzäugige Spreewaldaugen ohne Augenbrauen. Kein Gruß, nur ein Winken mit dem Müllbehälter: „Einen Moment!" Auch danach kein Gruß. Nur „Dann gehen wir mal rüber."

In dem Gebäude, an dem Hartwig geklingelt hatte, holte sie einen Schlüssel und öffnete damit das identisch aussehende Gebäude daneben. Alles blitzsauber. Fenster in Souterrainhöhe. Zahlreiche Zettel mit Anweisungen, durch die man erfuhr, wann man das Zimmer bei Abreise zu verlassen hatte, dass man nach 21 Uhr die Haustür zu verschließen hatte, wie man die Toilette zu behandeln hatte. War man hier Gast oder streng reguliertes Mitglied einer Volksgemeinschaft? Aus welcher Zeit auch immer. Alles von praktischer, gefühlsloser Sachlichkeit. Und wenn sich ein Gefühl darin ausdrückte, dann das von Gehorsam und der Frage, ob man alle vorgeschriebenen Normen erfüllt hatte. Von Normen, die von selbstverständlicher, unumstößlicher Gesetzmäßigkeit waren. Die Frisur, die keine war, und die schwarzen Nylonsocken in den Badelatschen verschwanden so unauffällig, wie sie erschienen waren.

***

Als ehemals katholischer Rheinländer und geschichtlich interessierter Mensch die Luft um Luther herum schnuppern. In diesem Vatikan des Protestantismus, was ihm im gleichen Augenblick, als er es dachte, als maßlos übertrieben vorkam. Diese Konfession war ja von vorneherein so, dass sie einen Vatikan ausschloss. Stattdessen etwas, was er so nicht erwartet hatte: Fast dörflich anmutende enge Gassen um die Stadtpfarrkirche herum, mit dem mönchisch mittelalterlichen, mühsamen Backsteinbau der Fronleichnamskapelle. Und die wahrhafte Revolution auf den Altären der

Stadtpfarrkirche von einer provinziellen Bescheidenheit. Der Reformationsaltar, auf dem Luther und seine Freunde Cranach und Melanchthon alias Schwarzerd ohne Hemmungen in der illustren Umgebung des Herrn dargestellt sind. Sogar in der allerheiligsten Abendmahlsszene. Welcher noch so vermessene Papst oder Herrscher in unserer Zeit würde es wagen, sich so malen zu lassen? Das musste damals als Blasphemie aufgenommen werden. Genauso wie die Tafel mit den Arbeitern im Weinberg, wo die Reformatoren in ihrer schwarzen, teilweise pelzverbrämten Kleidung fleißig den Weinberg des Herrn in Ordnung bringen, den auf der linken Seite Papst, Bischöfe und Äbte in kostbaren farbenprächtigen Gewändern sinnlos verwüsten und ausplündern.

Draußen vor der Stadtpfarrkirche das Mahnmal im Boden, das an den Holocaust erinnert und an die Verstrickung des Christentums in die Judenverfolgung, mit einem Hinweis auf die „Judensau" an der Seite dieser Kirche, hoch oben, aber deutlich zu erkennen: Eine Person, die hinter dem Schwein kniet und ihm den Schwanz hochhebt, als gäbe es da großartige Entdeckungen zu machen, unter dem Schwein oder der Sau ein Gewusele von kleinen Figuren. Saugten sie an den Zitzen der Sau? Das Mahnmal wies daraufhin, dass hier im Mittelalter der hochheilige jüdische Name des Herrn im Namen des Christentums in den

Schmutz gezogen wurde und so der Boden bereitet wurde für die gnadenlose Vernichtung der Juden in der Nazizeit. Hatte Luther diese mittelalterliche Figur gekannt? Und was hätte er dazu gesagt?

***

Das pralle Leben war im Frühstücksraum an der rückwärtigen Schmalseite angeordnet, sauber, sorgfältig, liebevoll. Auf dem Sideboard mit hellem imitiertem Holzfurnier reihte sich Fensterblatt an Fensterblatt und Azalee an Ananaspflanze. Miniaturexotik in biederen Übertöpfen. Dazwischen der steif dastehende Riesennussknacker aus dem Erzgebirge in seiner strengen Bergmannskluft und die Stoffblüten der Sonnenblumen, die jetzt im April, oder wahrscheinlich immer, das fehlende Licht ersetzen sollten.

„Kaffee oder Tee?"
Hartwig schaute in das sportliche Gesicht des Hausherrn, auf seinen riesigen Schädel mit seinen kurz geschorenen Haaren.
„Haben Sie auch Grünen Tee?"
„Aber ja doch."

Nun standen Lichtpunkte in den kugelförmigen Lampen des Kronleuchters, die von geschwungenen Massivholzbügeln gehalten wurden. Gelsenkirchener Barock. Daneben mehrere selbstgebastelte Sterne in Gelb. Pension Freundschaft. Woher dieser Name?

„Bitte schön. Ihr Tee." Der freundlich blickende Wirt stellte eine gelbe Plastikkanne vor Hartwig auf den Tisch, die sich in seinen hünenhaften Händen winzig ausnahm. Dieser Mann war doch nicht immer Pensionswirt gewesen.

„Warum heißt Ihre Pension eigentlich Freundschaft?"
Nun überzog ein sanftes Lächeln das braungebrannte Gesicht.
„Wissen Sie, dieses ganze Viertel gehörte einmal zur russischen Kaserne. In den Häusern ringsum wohnten russische Offiziere. Und über der Sternstraße, die kennen Sie sicher, hing ein riesiger roter Sowjetstern."
„Stammt das Gebäude der Pension auch aus dieser Zeit?"
„Nein, dieses und die Nachbarhäuser wurden erst nach der Wende gebaut."
Merkwürdig. Eine etwas andere Pension. So hatte es im Internet gestanden. Deshalb hatte er nach der Ankunft auf DDR-Gebäude getippt, die nun ihre Nutzung geändert hatten. Umgebaute Plattenhäuser oder, ja Kasernengebäude, das wäre plausibel. Konnte der Wirt nicht ein ehemaliger Volksarmist sein? Der sich nun scheute, seine Vergangenheit zuzugeben. Jedoch seine Freundlichkeit. Aber sollte es nicht auch solche gegeben haben? Oder

war er durch seinen neuen Beruf völlig umgeschwenkt auf die Notwendigkeiten der Ökonomie? In der Freundlichkeit zum Geschäft gehörte.

Gerahmt wurde der Hausaltar der biederen Gemütlichkeit von zwei dunklen Lautsprechern, aus denen gedämpft die Häkeldeckenpartyraummusik ertönte, die ihn sonst so nervte. Der immerwährende Karneval, gemäßigter Mallorca-Ballermann. Mit leichtem Volksmusiktouch. Während er auf seinem Tisch mit der Nummer 4 sein Brötchen mit Butter und einem Aldihonig bestrich, empfanden seine Hände einen leichten Ekel, den die Berührung mit dem durchsichtigen Plastiküberzug auf der Batisttischdecke hervorrief, die natürlich geschont werden musste, und auch seine Lippen sträubten sich, als er sie mit der gesteiften Serviette betupfte, um ein Zuviel der Butter zu beseitigen. Sein Blick ruhte dabei weiter auf den Hausfrauenfreuden der Regale über dem Sideboard, den Lebensbäumen aus Spanholz, in denen sich eine Fülle von Osterküken tummelte, den Erntekränzen aus Strohblumen und der endlosen Zahl von rot lackierten Weihnachtsmännern. Die großen Tage des Jahres, Ostern, Weihnachten und Erntedank, vervielfältigt und verewigt, in der Suppe der Dauerpartymusik präsentiert. Was konnte einem da noch Übles geschehen? Hatte sich so Otto Normalverbraucher in den düsteren Zeiten der DDR über Wasser gehalten?

„Sie können natürlich auch Müsli haben, wenn Sie wollen. Ich bringe Ihnen dann die Milch."
Hartwig schrak im ersten Moment zusammen, als die Stimme des Hünen wieder in seinem Nacken ertönte.
„Nein, nein, danke."
Die heitere Freundlichkeit in dem Gesicht des Wirts beruhigte ihn sofort, als er hochschaute.

„Ach, ich hätte da noch eine Frage. Ich würde gerne einmal in die Elbaue spazieren. Gibt es einen Fußweg, der dorthin führt?"
Seine Frage löste Verwunderung im Gesicht des Pensionswirts aus. Das wunderte ihn wiederum. Hatte er doch auf einer Abbildung aus dem Mittelalter das Stadtpanorama hinter der Elbaue gesehen, und er wusste, dass die heutige Bebauung zur Elbe hin kaum über die mittelalterlichen Grenzen hinausging. Was lag also näher, als das alte Zentrum, das offenbar dabei war, sich für den Tourismus zu mausern, zumindest durch den einen oder anderen Weg an die breite Elblandschaft anzubinden?
Als er das dem Wirt erklärte, meinte der:
„Aber der Hochwasserschutz! Sie dürfen den Hochwasserschutz nicht vergessen."
Ihr Gespräch zerbröselte dann bei der Frage, ob solch eine Anbindung nicht auch mit dem Hochwasserschutz vereinbar sei.

***

Im preußischen Viertel der Stadt fiel ihm ein prächtiges Schulgebäude auf. Melanchthon-Gymnasium. Im ersten Stock des aufwändigen Ziegelsteingebäudes sah man einen Raum mit riesigen Fenstern. Das konnte nur die Aula sein. Vor dem Gebäude harkten zwei Männer in blauer Arbeitskleidung den Rasen. Hausmeister? Er fragte sie. „Nee, mir sin nur 1€- Jobber. Is ja besser als jar keene Arbeet."
„Wissen Sie denn, ob man die Aula des Gymnasiums besichtigen kann?"
„Nee, wissen ma nich. Aber fragen Se mal die Sekretärin. Moment, wir bringen Se zu ihr hin." Das war ja sehr nett und zuvorkommend!

Die sorgfältig frisierte Sekretärin holte sich telefonisch die Erlaubnis des Schulleiters und führte ihn über das altväterlich stilvolle Treppenhaus mit seinen schmiedeeisernen Geländern und Säulen mit neoromanischen Kapitellen in den lichten Raum auf der ersten Etage, in dem noch die simplen Tische standen, die die Schüler beim schriftlichen Abitur benutzt hatten. Hartwig bestaunte die riesigen Fenster und die komplizierte Holzkonstruktion der Decke. Dann fiel sein Blick auf das Wandgemälde an der Stirnseite. Merkwürdig, dass das nicht bei den Sehenswürdigkeiten der Stadt aufgeführt war! Ein monumentales Gemälde in warmen Orangetönen, das Luther auf dem Reichstag zu Worms darstellte, in dem Moment, da er die gefürchtete Situation hinter sich hatte. „Ich bin hindurch", stand denn auch auf dem Spruchband darunter, und er stand da, wie ein dankbarer Sieger, von einem engelhaften Licht beschienen, von seinen Gönnern, dem Landgrafen Philipp von Hessen und dem Kurfürsten Friedrich dem Weisen, stolz beglückwünscht, ein Mann, der im Namen Gottes einen schweren Gang getan hatte. Hier war er der große Held in seinem Glanz. Ganz sicher eine Verherrlichung, sehr im Gegensatz zu der Bescheidenheit seines Grabs in der Schlosskirche und zu der Biederkeit seiner Wohnung im Lutherhaus, die Hartwig später besichtigen würde.

***

Mit einem hochgestimmten Gefühl machte sich Hartwig nun auf den Weg zur Elbaue. Zwei kleine Jungen, die in einem Baum vor der Schule hockten und „Hallo, Opa!" riefen, als er vorbeiging, ließen einen kleinen Wermutstropfen in sein Inneres fallen. „Unfug, wieso ärgerst du dich darüber?" sagte er zu sich selber. „Die geben doch nur ihrer Freude Ausdruck, dass sie so hoch über den anderen im Baum sitzen." Trotzdem verstärkte sich der leichte Unmut noch, als zwei junge Männer im Vorbeifahren hupten und etwas aus dem offenen Fenster riefen, was er nicht verstand. Wurde er denn hier als Fremder erkannt? Sah er irgendwie anders aus? Und gab es tatsächlich im Osten so etwas wie eine allgemeine

Fremdenfeindlichkeit? Aber was machte er sich Gedanken? Es war doch absolut nichts geschehen. Und vielleicht war alles nur Übermut und Lebensfreude.

Die überdimensionierte Verkehrsführung von Bundesstraße und Eisenbahnbrücke gaben ihm allerdings ein Gefühl des Ausgestoßenseins, des Abartigen, als er sich zwischen Kreiseln, Rampen, Brücken und komplizierten Zufahrten einen Fußweg zum Elbufer suchte. Und das Elbufer selber machte keinen sehr einladenden Eindruck. Trockene Staudenreste und Brennnesselfelder bedeckten weite Flächen, unterbrochen von Papier- und Plastikabfällen, dem einen oder anderen Autoreifen, umgestürzten oder angeschwemmten Baumstämmen. Aber wurden hier nicht zusätzlich auch noch Bäume gefällt? Ein PKW mit einem offenen Anhänger stand auf dem Schotterweg, der von Ölspuren verunreinigt war, daneben ein älterer und ein jüngerer Mann, die mit einer Kettensäge einen Weidenstamm in verladbare Stücke zerlegten. Sie schauten mit misstrauischen Blicken auf den seltsamen Fußgänger, der sich hierhin verirrt hatte. Den Radfahrer mit der Aktentasche auf dem Gepäckständer, der vorüberholperte, fanden sie nicht merkwürdig. Und den Kinderwagen mit dem blutjungen Elternpaar kannten sie. Das Elternpaar, das sich offensichtlich noch nicht an seinen Status gewöhnt hatte, vor allem der Vater, der auch noch arbeitslos war und mit seiner unfreiwilligen jungen Familie in dieser abgelegenen Gegend seine Scham und seine Wut spazieren führte. Aber diesem einsamen Fußgänger musste man vielleicht misstrauen. Sah er nicht aus wie ein Schnüffler? Die kannte man ja noch von früher. Diebstahl am Volkseigentum. Aber was sollte man denn machen? Mit den paar Euro von Hartz 4 konnte man doch kaum über die Runden kommen. Und ein Job für einen Euro? Da ballte man doch die Faust in der Tasche. Und jetzt fragte der nach einem Weg unter der Brücke hindurch, auf dem man durch die Elbaue zurück zum Stadtzentrum käme. Den gab es ja. Wenn es weiter nichts war. Den konnte man ihm ja erklären. Vielleicht war es ja einfach ein Sonderling. Ein Wessie womöglich. Die hatten ja sowieso oft die sonderbarsten Ideen. Er hatte ja nicht nach der Verwendung der Holzstämme gefragt. Auch nicht, wie viel sie damit verdienten. An wen sie sie verkauften. Sie arbeiteten weiter im Schweiße ihres Angesichts, während der Sonderling hinter der Rampe der Eisenbahnbrücke verschwand.

***

„Wie schön wäre es, wenn Ihre Altstadt an die Elbaue angebunden wäre, finden Sie nicht?"
Das Ehepaar mit Hund fand das überhaupt nicht.
„Wie sollte das verwirklicht werden?"

„Ich habe doch gehört, dass es Leute gibt, die die Umgehung der Stadt im Norden befürworten. ‚Wittenberg stirbt ohne Nordumgehung' las ich auf einem Schild. Wenn also dieser ganze riesige Verkehr auf der Bundesstraße hier vor uns umgeleitet würde, dann könnte man die Altstadt direkt mit der Elbaue verbinden."
Ein Kopfschütteln der beiden war die Antwort, während weiter ein ununterbrochenes Band von Lastern und PKWs hinter den hässlichen Leitplanken an ihnen vorüberrauschte.
„Wir sind doch froh, dass wir diese Umgehung haben. Sie können sich gar nicht vorstellen, wie es vorher war, als sich der gesamte Verkehr durch die Altstadt quälte.
Er konnte es sich schon vorstellen. Und das war doch nicht die Alternative. Aber hier war offensichtlich etwas lange Ersehntes eingetroffen, und das durfte nun durch weitere Neuerungen nicht in Frage gestellt werden. Unbeweglichkeit? Oder hatte er sich wieder in etwas eingemischt, was ihn als Fremden eigentlich nichts anging?

***

Die Kellnerin stellte ihm das Glas Kirschsaft auf den Tisch, das er bestellt hatte, als er sich das weißgetünchte Rathaus anschaute, das mit seinen vier Giebeln und den beiden Denkmälern davor in der Sonne glänzte. Edel sahen sie hier beide aus, Melanchthon sowohl als auch Luther, der die Bibel aufgeschlagen hielt und mit der Rechten auf den Text wies, nicht als stolzer Autor, sondern wie ein Moses, der dem Volk die Gesetze Gottes zeigt. Der Faltenwurf seines Gewands war von strenger geistlicher Autorität. Nur die vorgestülpte Unterlippe hatte noch etwas von dem Trotz, der ihn sonst oft auszeichnete.

„Du siehst doch, was heute in unserem Land abgeht. Ich sage dir, das kann jederzeit wieder passieren."
Ein junger Mann mit langen braunen Haaren, die hinten zu einem Zopf zusammengebunden waren, redete mit vorgeneigtem Kopf auf seinen Nachbarn ein, der mit seinem kahlgeschorenen Schädel zurückgelehnt auf seinem Stuhl saß, die Arme vor der Brust gekreuzt.
„Und trotzdem ist es falsch, was der Film suggeriert."
„Was suggeriert er denn nach deiner Meinung?"
„Dass alle schuld sind und alle schuld waren."
„Waren sie ja auch." Nun streckte der mit dem Zopf seinen Zeigefinger auf den anderen, als wolle er ihn durchbohren. „Oder gehörst du auch zu denen, die nach dem Krieg sagten, sie hätten von nichts gewusst?"
„Du vergisst, dass ich so alt bin wie du", erwiderte der Kahlköpfige, nahm einen Schluck aus seiner Tasse Latte Macchiato und wischte sich mit dem Handrücken über seine Lippen.

Hartwig wurde immer aufmerksamer. Das war doch der Dialog, den er mit seinem Sohn führte. Erstaunlich, dass diese jungen Leute über so etwas redeten. Er hatte immer gedacht, dass die sich nur für Computer und Klamotten interessierten. Aber die redeten ja so, wie er früher mit seinen Freunden geredet hatte. Damals waren es Bücher. Heute schien es ein Film zu sein. Welcher Film wohl?

„Und hast du ganz vergessen, was du bei Dr. Iller im Geschichtsunterricht gelernt hast?"
„Was?"
„Die Wahlen im November 32. Weißt du nicht mehr? Die Nazis hatten 2 Millionen Wähler verloren. SPD, KPD und Zentrum hätten locker eine Mehrheit im Parlament bilden können, wenn nicht ….."
„Wenn nicht?"
„Wenn nicht hinter den Kulissen Reichswehr, die ostelbischen Junker, Banken und Industrie Hitler bis Januar an die Macht gebracht hätten. Also von wegen das deutsche Volk. Weit mehr als die Hälfte hat ihn nicht gewählt."
„Aber ab Januar wurde dann alles anders."
„Das stimmt. Aber das war nicht einfach Verführung oder Überredung. Da war gleich massive Gewalt dabei. Gefängnis, Folter, Presseverbote. Also nicht das, was der Film ‚Die Welle' suggeriert."
„Jedes Volk hat die Regierung, die es verdient."

„Spinnst du? Hatten die Chilenen es verdient, dass ihr Regierungspalast von den Militärs mit Bomben angegriffen wurde? Und haben die Italiener es heute verdient, dass sie von einem Mediengangster falsch informiert und in die Irre geführt werden?"

In diesem Augenblick schraken alle ein wenig zusammen, weil vor ihnen eine laute Hupe ertönte. Als Hartwig aufblickte, sah er ein grinsendes leichenblasses Gesicht und einen tiefschwarz gekleideten Arm, der gerade von einem kleinen giftgrünen Krokodil zurückgezogen wurde, das als Fahrradhupe diente. Die beiden Gymnasiasten neben Hartwig hatten offensichtlich an ihren Fahrrädern die Ständer herabgeklappt und sie auf dem Kopfsteinpflaster vor den Tischen des Cafes geparkt. Nun trat eine seltsame Gestalt auf sie zu. Ein Kleid, das aus mehreren übereinander getragenen Röcken zu bestehen schien, die obersten fast durchsichtig, aber alle in Schwarz. Über den schwarzen Pullover, der mit merkwürdigen weißen Symbolen verziert war, ragte ein glänzender schwarzer Zylinder mit einem weißen geklöppelten Tuch. Unter einem glatten Pony von einem merkwürdigen Rot, der aus dem Zylinder fiel, große mandelförmige Augen in einem weißgeschminkten Gesicht, dessen ebenfalls roter Mund sich nun zu einem spöttischen Lächeln verzog. Als Hartwig über dieses ungewohnte Rot nachdachte, kam ihm das Wort ‚kupferrot' in den Sinn.

„Die Herren geruhen, sich eine Pause zu gönnen, während ich mit Schmerzen auf sie warte und mich in Sehnsucht nach ihnen verzehre."
Sie schüttelte dabei die langen Dauerwellen der ebenfalls kupferroten Haare, in ihrem Gesicht einen Ausdruck, in dem sich gekünstelte Missbilligung und Schalkhaftigkeit mischte.
Erschrocken blickte der Kahlköpfige auf seine Armbanduhr.
„Mein Gott, du hast Recht. Es ist ja schon drei. Es sollte doch um drei anfangen."
Er zog ein paar Münzen aus seiner Hosentasche, legte sie auf den Tisch und wollte aufstehen.
Doch das Mädchen, das aussah, als käme es direkt von einer Bühne, setzte sich nun neben ihn und meinte:
„Nur jetzt keine unangemessene Hektik. Die paar Minuten machen es jetzt auch nicht mehr."
„Aber die warten doch jetzt schon", rief der Kahlköpfige.
„Dass der Herr Chefredakteur das bemerkt hat, ist auf jeden Fall bemerkenswert. Er scheint noch lernfähig zu sein. Bestelle er mir doch auch einen Latte Macchiato. Als Wiedergutmachung sozusagen."
Der Kahlköpfige seufzte, nahm die Münzen und verschwand in der Tür des Cafes.
„Anne ist doch sicher bei den Düsseldorfern, oder?" wollte nun der mit dem Zopf wissen.

Dabei lehnte er sich zurück, als habe er alle Zeit der Welt.

„Ist dir immer noch nicht klar geworden, dass Verlässlichkeit bei Frauen weiter verbreitet ist als bei ihren männlichen Artgenossen?" lächelte ihn seine Nachbarin aus einem spitzen Mündchen an.

„Mir schon, liebe Nadine, aber leider unserem Freund Christian nicht."

„Liebe Nadine? Seit wann bin ich deine liebe Nadine? Willst du dich an mich ranschmeißen? Nur weil Christian mal einen Moment nicht da ist? Schäme er sich!"

Wie wenn er sich ertappt fühlte, strich sich der mit dem Zopf über Hals und Kinn, als sein Kamerad auch schon mit einer großen Tasse aus der Cafetür trat und sich ihrem Tisch näherte.

„Aber der Drucker", meinte er, „der Drucker will doch sicher anfangen. Den können wir doch nicht warten lassen."

„Mein Gott, was seid ihr auf einmal pflichtbewusst! Der Drucker ist bekanntlich mein lieber Vetter und denkt nicht daran anzufangen, bevor seine liebe Kusine vor ihm steht. Hör mal, Christian", wandte sie sich plötzlich in einem ungewohnt vertraulichen Ton an den Kahlköpfigen, „hast du eigentlich mit Marcel schon über den Film geredet? Ihr wolltet doch eine Besprechung in die nächste Ausgabe setzen."

„Wir sprachen gerade darüber, bevor du uns mit deiner Erscheinung in Angst und Schre-

cken versetzt hast," versetzte der kahlköpfige Christian.
„Oh, ihr armen kleinen Sensibelchen! Aber bevor ihr den Artikel verfasst, möchte ich da auch noch ein Wörtchen mit euch reden. Ich sage nur: Dr. Iller."
„Siehst du, Marcel, habe ich es dir nicht gesagt?" rief der kahlköpfige Christian seinem Gegenüber zu.
„Ja, ja, ist ja schon gut." Nun schien Marcel es auf einmal eilig zu haben, trat zu seinem Fahrrad und machte sich daran, aufzubrechen.
„He, du willst einfach los, ohne zu bezahlen?" grinste ihn Christian an.
„Ich dachte, du …"
„Ja, war nur ein Scherz. Ich habe schon alles bezahlt. Ich war ja wohl dran. Also dann! Auf zu den Cranachhöfen!" Er hatte gesehen, dass das Mädchen auf einmal schnell seinen Kaffee hinuntergeschlürft hatte, klappte den Ständer seines Fahrrads ein und wartete, bis sich das schwarze Kleidungetüm auf seinem Gepäckständer eingerichtet hatte.

Hartwig sah ihnen nach, wie sie holpernd eine Diagonale über den Marktplatz beschrieben, während das Mädchen mit beiden Händen seinen schwarzen Hut festhielt, als säße es auf der Kruppe eines Pferdes im Wilden Westen. Dann verschwanden sie in der nächsten Straße.
Cranachhöfe! Da wollte er doch auch hin.

***

Am Ende des weiträumigen gepflasterten Hofs, in dem die Restauratoren einen Brunnen und einen Leiterwagen zwischen Bäumen platziert hatten, die jetzt noch unbelaubt waren, lag quer das breite rosa getünchte Gebäude, in dem sich die historische Druckerwerkstatt befand. Bevor Hartwig sie durch das offenstehende zweiflügelige Tor betrat, warf er einen Blick auf den Meister selber. Er saß auf einem Ziegelmauerstück und schaute den Betrachter an, um ihn mit dem Stift auf einem Blatt festzuhalten, das er mit der Linken hielt und auf sein Knie stützte. Ein schöner bärtiger Mann, in glänzende Bronze gegossen. Drinnen drängte sich eine Gruppe von 14 oder 15jährigen vor einem Mann mit kurzem Haarschnitt, der eine schwarze Schürze trug.
„Johannes Gutenberg", schrien nun mehrere von ihnen gleichzeitig.
„Ihr habt ja was gelernt. Das stimmt. Johannes Gutenberg druckte die erste Bibel in Deutschland. Und wo?"
Bei dieser Frage zeigte er mit einem spitzen Zeigefinger auf einen Burschen, der vor ihm stand, worauf dieser nachdenklich eine Faust unter seine Nase hielt.
„In Mainz!" schrien wieder mehrere aus den hinteren Reihen.
„Mannomann, da muss ich mich ja anstrengen, wenn ich euch was Neues erzählen will. Aber das hier kennt ihr sicher nicht. Passt mal

auf! Und strengt eure Nasen an! Anne, machst du mal?"

In der linken Ecke der Druckerwerkstatt entstand eine Bewegung. Nun sah Hartwig erst die drei vom Marktplatz, den Kahlköpfigen, den mit dem Zopf und die Bleichgesichtige mit dem schwarzen Zylinder. Sie lehnten an einer schweren Papierschere und grinsten, als sich ein strohblonder Schopf auf einem Gesicht von ihnen löste, das wie weiß getüncht aussah. Hellblaue Augen blickten fremd, mit stechender Pupille, aus brillenartigen schwarzen Ovalen, und die schwarzen Lippen waren wie trotzig aufgeworfen. Schließlich hatten sie zwei silberne Nadeln auszuhalten, die wie Überreste einer Folter aus ihnen herausragten. Das schwarz gekleidete Mädchen verschwand hinter einem Paravent am Ende des Raums, man hörte, wie es ein Streichholz anzündete, und kurz danach verbreitete sich ein süßlicher Geruch im Raum.

„Na, was sagt ihr dazu?" Der Drucker blickte seine Zuhörer, die einen Moment wie erstarrt waren, triumphierend an.

„Haschisch!" „Nimmt sie einen Joint?" „Lassen Sie uns auch mal ziehen!" So klang es nun munter aus verschiedenen Mündern.

Als das Anne genannte Mädchen wieder vor die Runde trat, hatte sie ein angebranntes Stück Papier in der Hand, die aus einer schwarzen Lederjacke mit silbernem Knopfbesatz herausschaute.

„Sehen so eure Joints auch aus? Was meint ihr, was das ist?"
Der Drucker nahm der Punkerin das Papier aus der Hand und zeigte es herum, während sich die schwarze Gestalt wieder zu den anderen an der Papierschere gesellte.
„Papier für einen Riesenjoint." „Ein Gruppenjoint!" Und weitere muntere Bemerkungen schollen aus der Schülergruppe.
Der Drucker schaute sie mit seinen hellen intensiven Augen an. Jetzt hatte er die Aufmerksamkeit, die er gesucht hatte.
„Nicht der Inhalt war es, den ihr gerochen habt. Es war das Papier selber. Es handelt sich hier um Hanfpapier. Sowohl Gutenberg als auch Cranach haben in ihrer Werkstatt Hanfpapier verwendet. Es ist sehr beständig, beständiger als das Papier, das wir heute verwenden."
„Und warum verwendet man das heute nicht mehr?"
„Ihr Schlauberger! Damit ihr nicht in Versuchung kommt, eure Bücher zu fressen, beziehungsweise zu rauchen. Was sollte dann aus euren Schulbüchern werden?"

Als Hartwig über die launige Art des Druckers schmunzelte, traf sich sein Blick mit dem des Mädchens mit dem schwarzen Hut. Auch sie lächelte, schien ihn aber gleichzeitig beobachtet zu haben und seine Reaktion zu billigen. Dieser alte Knacker, ist ja gar nicht so unsympathisch. Solches oder etwas Ähnliches

huschte für einen Moment durch ihre Gedanken. Dass sie ihn überhaupt bemerkt hatte! In diesem Moment fiel ihm selber auf, dass er sich die ganze Zeit, auch auf dem Marktplatz, sozusagen für unsichtbar gehalten hatte.
Wie wenn diese Katzenaugen mit der ägyptischen Schminkung zu einer Welt gehört hätten, in der seine Welt gar nicht vorkam. Während er etwas verwirrt darüber nachdachte, hörte er nur halb die Ausführungen des Druckers über das Unternehmertum Cranachs, wie er nicht nur in der Malerei, im Apothekengeschäft und im Bereich des Druckens auf der Höhe seiner Zeit gewesen sei, sondern auch so clever, dass er früh die Zukunftsbedeutung Martin Luthers erkannt habe und nicht nur dessen Bibel gedruckt, sondern auch einen Exklusivvertrag mit ihm gehabt hatte, was Porträts von ihm anging. Dabei gab es offensichtlich eine untrennbare Verbindung zwischen seiner Freundschaft mit Luther, seiner Lehre und seinen Geschäftsinteressen. Obwohl man an einem Punkt stutzig werden konnte: Gleichzeitig belieferte er nämlich auch Luthers Gegner, hohe katholische Würdenträger wie den Kardinal Albrecht von Brandenburg. Über mehrere politische Ämter, die Cranach in Wittenberg innegehabt hatte, kam der Drucker auch auf die quasi verwandtschaftlichen Beziehungen zu Luther und seiner Familie. Heute würde man, meinte er, von Filz oder von Seilschaften reden.

Nun wies er auf die zahlreichen gedruckten Karten, die an den Wänden und an durch den Raum gespannten Schnüren hingen, wie auf einer Wäscheleine.
„Hier könnt ihr euch ein Motiv aussuchen. Einen Spruch von Luther oder auch ein Bild. Das werde ich euch dann auf dieser Presse drucken."

Die Schüler wählten meist Symbole wie das Wappenzeichen Cranachs, die gebuckelte Schlange mit dem Ring im Maul und dem Krönchen auf dem Kopf. Oder Luthers Hauszeichen, die weiße Rose. Oder moderne Logos, die gerade in waren, das Friedenszeichen, das Antiatomkraftsymbol oder auch einfach einen Totenkopf oder einen Drachen. Einige wenige wollten einen Lutherspruch wie „Wenn der Wolf will, ist das Lamm im Unrecht." oder „Das Paradies ist überall." oder „Für Heuchelei gibt's Geld genug. Wahrheit geht betteln." Geduldig legte der Drucker den Druckstock, den er aus Linoleum geschnitten hatte, auf die Presse, gab vorsichtig ein Stück Papier darüber und zog dann die Presse ritsch ratsch zügig darüber. Alle Drucke gelangen. Als er alle Schüler bedient hatte, fiel sein Blick auf Hartwig.
„Wollen Sie auch einen Abzug?"
„Wenn ich mir etwas aussuchen darf", versetzte Hartwig zögernd.
„Aber sicher. Was möchten Sie?"

Hartwig waren verschiedene Sprüche aufgefallen, von denen er es für unwahrscheinlich hielt, dass sie von Luther stammten. Aber er war sich nicht ganz sicher. Er zeigte auf den Spruch „Ich weigere mich, mich schuldig zu bekennen, weil auf den gekrümmten Rücken stets das Zepter eines Herrschers schlug." Auch der Spruch „An der Angstmache erkennt man den Scharlatan." hatte ihm gut gefallen. Aber der ausgewählte Satz kam seinem Empfinden noch näher. Von Luther stammte der wohl nicht, da er ja seines Wissens keine grundsätzliche negative Einstellung gegenüber Herrschern hatte. Im Gegenteil. Hatte er nicht in den Bauernkriegen eine traurige Haltung eingenommen, die zur blutigen Vernichtung der aufständischen Bauern beitrug? Herrschaft an sich war diesem revolutionären Geist ganz und gar nicht verdächtig.

„Da freut sich aber unsere Nadine", rief der Drucker und schaute auf die Gruppe an der Papierschere. Und tatsächlich glänzte nun das Gesicht der Weißgesichtigen mit dem schwarzen Zylinder vor Freude.
Hartwig war überrascht. Dieses merkwürdige, verrückt gekleidete Mädchen verfasste Sprüche? Aphorismen? Hatten sie und ihre Genossen nicht vorhin auf dem Marktplatz auch Andeutungen gemacht, die auf eine Zeitung hinwiesen? Das heißt, sie schrieben. Warum dann nicht auch Sprüche? Immerhin nicht

das, womit sich sonst Jugendliche befassten, selbst wenn sie ein Gymnasium besuchten.

Zum Abschluss fragte der Drucker, ob die Schüler noch eine Frage hätten. Da die Veranstaltung nun aber schon eine ganze Weile gedauert hatte, schien es ihnen mittlerweile zu reichen. Nur Hartwig konnte sich nun eine Frage nicht verkneifen, die er stellen wollte, da ihm der Drucker ja ziemlich in der Materie bewandert zu sein schien.
„Wenn ich noch eine Frage stellen darf", begann er zögernd.
„Aber sicher. Nur zu!" Der Drucker schien sich über das Interesse zu freuen.
„Ich habe eben an der Stadtpfarrkirche die Judensau gesehen." Einige der Schüler kicherten über das Wort. „Mich würde interessieren, ob Luther diese Figur kannte, und wie er sie beurteilte. Ich meine, er muss doch irgendwie Stellung dazu bezogen haben. Er kam doch ständig daran vorbei."
Lächelnd wies der Drucker wieder auf das Nadine genannte Mädchen.
„Da haben Sie die Expertin. Die kann Ihnen besser darüber Auskunft geben als ich."
„Man könnte es so ausdrücken, mein Herr." Sie schlug wieder ihre ironisch distanzierte Ausdrucksweise an. Dann wurde sie etwas ernster und meinte: „In dem Zusammenhang ist Luther nichts als enttäuschend. Wenn er auch viele positive Züge trägt, man muss ihn

als Judenhasser und Judenhetzer bezeichnen."

Hartwig war fast erschrocken.

„Ist das nicht etwas übertrieben?" versuchte er einzulenken.

„Das ist überhaupt nicht übertrieben. Aber wenn Sie das sehr interessiert, kann ich Ihnen entsprechende Texte zeigen. Wir sind heute Abend in der Disko am Kabarett. Wenn Sie Lust haben, …."

Hartwig war wieder ein wenig verwirrt. Am Abend in einer Disko? Was hatte er mit solchen jungen Leuten zu tun? Auf der anderen Seite interessierte ihn das Thema wirklich. Warum eigentlich nicht? Er hatte doch Zeit und nichts zu versäumen. Und dieses Mädchen war eine Person, die ihn immer mehr zu faszinieren begann.

Zu seinem eigenen Erstaunen hörte er sich sagen: „Ja, gut, ich komme mal vorbei. Vielen Dank!"

***

Hartwig staunte, als er den Hinterhof betrat, dass von der Diskothek nichts zu hören war. Eine Treppe mit Eisengeländer führte zu der Eisentür, die im Licht einer grün leuchtenden Laterne lag. Weiter hinten verlor sich der Hof in einer Art Garten mit mehreren Bäumen, unter denen sich zwei oder drei Bänke befanden. Weitere schwach leuchtende Laternen mit rotem Licht warfen auf die Bänke und den

Garten einen schummerigen Schein. Er setzte sich auf eine der Bänke, und nun hörte er doch so etwas wie ein tiefes Gewummere. Klar, lauter durfte das wohl nicht sein. Wie hätten die Nachbarn das auf die Dauer aushalten sollen. Da gab es sicher amtliche Auflagen.

Ein merkwürdiges Mädchen, diese Nadine. Diese Aufmachung, wie aus einem Traum oder einem Film, und dann diese geistige Aufgeschlossenheit. Dazu wirkte sie ausgesprochen intelligent. Welcher Schüler konnte denn auf Anhieb einen Text besorgen, aus dem Luthers Judenfeindlichkeit hervorging? Sicher, im Internet konnte man heute alles finden. Sie schien sich aber mit der Thematik schon vorher befasst zu haben. Und dann ihre Sprüche. Er hätte gedacht, dass solche Sprüche nur von Menschen verfasst würden, die über eine gewisse Lebenserfahrung verfügten. Auf der anderen Seite: Wieso sollte ein junger Mensch keine Lebenserfahrung haben können? Auf jeden Fall schien sie eine entschiedene Gegnerin von Angstmache und Schuldmache zu sein. Wie er selber.

„Hartwig, warum machst du immer so ein ernstes Gesicht?" hatte ihn ein katholischer Geistlicher einmal gefragt, als er zehn oder zwölf Jahre alt war. Bis dahin war ihm sein ernstes Gesicht selber nie bewusst gewesen. Und er hätte auch damals keine Gründe anführen können. Die Frage war ihm nichts als peinlich. Später aber war ihm deutlich geworden, womit diese übergroße Ernsthaftigkeit zusammenhing. Einerseits vielleicht mit den Kriegs- und Nachkriegsnöten, die er erlebt hatte, zusammen mit seiner ängstlichen und gleichzeitig sehr gewissenhaften Mutter. Die aus Armut wie die meisten in ihrer Umgebung gezwungen war, Kohlen zu klauen oder auch geschlagenes Holz im Wald. Mit der er auf entbehrungsreichen abenteuerlichen Wegen in den Westen geflohen war, nach der Evakuierung nach Sachsen, wo sie mit ihrer kriegsversehrten Verwandtschaft Zuflucht gefunden hatte, nachdem die Bombennächte in Köln nicht mehr zu ertragen waren.

Andererseits hätte der Priester sich seine Frage selber beantworten können, da katholisches Sündenbewusstsein und die entsprechende Beicht- und Frömmigkeitspraxis nicht gerade dazu angetan waren, offene und fröhliche Menschen zu produzieren. Lange hatte Hartwig es geradezu für seine heilige Pflicht gehalten, das Leben als Strafe und Mühsal aufzufassen, bis ihm eines Tages ein Freund die Augen dafür öffnete, dass man sein Leben auch als Genuss und Freude sehen könnte, und dass das keineswegs etwas Verwerfliches sei. Das fortschreitende Denken auf diesem Wege entfernte ihn zunehmend auch von seiner damaligen engen Bindung an die Kirche. Und die Loslösung machte ihm die Herrschaft deutlich, die diese durch Angst und Schuld auf ihn ausgeübt hatte. Und das Gefühl der Freiheit, das ihm diese Loslösung bescherte. Frei atmen können. Diesen Druck auf der Brust loswerden. So war er nach einigen Jahren auch diese ewig wiederkehrende Bronchitis losgeworden, die ihn in jungen Jahren gequält hatte.

Umso heftiger wehrte er sich dagegen, wenn ihm nun ausgerechnet sein Sohn versuchte, eine Schuldhaftigkeit der Deutschen anzuhängen. Welches Interesse hatte der daran? War das rein intellektuell bedingt? Eine rein akademische Spielerei?

Einen Moment lang wurden seine Gedanken unterbrochen, als sich die Eisentür am Ende der Treppe öffnete und ein flackerndes Licht gleichzeitig mit einem ohrenbetäubenden Lärm aus der dahinterliegenden Diskothek hervorbrach. Ein schwarzer Zylinderhut mit langen Haaren und ein kahlköpfiger junger Mann traten auf die Balustrade und schlossen die Eisentür hinter sich. Im gleichen Moment verstummte der Lärm. Stattdessen eine verärgerte Stimme voller Vorwürfe. Unwirsche Bewegungen der Mädchengestalt mit dem Zylinder. Daraufhin löste sich die Männergestalt, lief eilends die Treppe hinab und verschwand in dem Durchgang zur Straße hin. Nadine, um die es sich offensichtlich handelte, warf sich eine Tasche mit langem Gurt über den Kopf und blickte suchend in den Garten des Hofs. Dann rauschte sie in ihrem schwarzen Kleidungetüm die Treppe hinunter und steuerte schnurstracks auf Hartwig zu.

„Ärger?"
„Unterschiedliche Auffassungen von Freiheit."
„Das kenne ich. Daran bin ich auch gescheitert."
„Wer redet denn hier von Scheitern? Wir sind daran gewöhnt."
„Das sah aber eben nicht nach einer lieben Gewohnheit aus."
„Nicht alles Gewohnte ist deshalb gleich lieb oder Zuckerschlecken." Und nach einer Pause, in der sie ihre flache Ledertasche öffnete und ihr ein Papier entnahm: „Und wieso bist du gescheitert?"

Sie duzte ihn einfach. Und dann diese Direktheit. Aber hatte nicht er mit der Direktheit angefangen? Es hatte sich so ergeben. Wie selbstverständlich.
„Die Zensur. Sie meinte, ständig eine Zensur über mein Gehirn ausüben zu müssen. Was ich dachte und was ich fühlte. Ich hätte ihr gerne alles erzählt. Aber irgendwann. Nicht in jedem Moment. Da konnte sich doch gar kein Gedanke entwickeln. Und Gefühle erst recht nicht. Dabei gab es bei mir nie eine regelrechte Untreue. Aber das verstand sie nicht. Und glaubte es auch nicht."
„Und jetzt lebst du alleine?"

„Jetzt lebe ich seit fast zehn Jahren alleine. Das ist nicht das, was ich mir wünsche. Aber es hat sich so ergeben."
„Weil die richtige Neue noch nicht aufgetaucht ist."
„So ist es. Weil die richtige Neue noch nicht aufgetaucht ist."

Nun kramte sie erneut in ihrer Ledertasche, die von der gleichen kupferroten Farbe wie ihre Haare war, und zog zwei Karten in Postkartengröße heraus, die sie ihm mit der Bemerkung reichte: „Die kannst du behalten. Wenn du willst."
„Der Anteil an Bewunderung in der Liebe ist ein großes Geheimnis, da beide sich auf etwas richten, was man selber nicht hat." stand auf der einen, auf der anderen „Gebärden sind Magneten für Liebe und Hass."

Er schaute sie verwundert und bewundernd an, sie erwiderte seinen Blick wieder mit dieser leichten Ironie, von der man nie wusste, wie sehr sie echt oder gespielt war. Bevor er weiter auf die Sprüche eingehen konnte, gab sie ihm nun ein Blatt, das mit den Sätzen begann
„Ein solch verzweifeltes, durchböstes, durchgiftetes, durchteufeltes Ding ist's um diese Juden, so diese 1400 Jahre unsere Plage, Pestilenz und alles Unglück gewesen sind und noch sind. Summa, wir haben rechte Teufel an ihnen. Wenn ich könnte, so würde ich ihn

[den Juden] niederstrecken und in meinem Zorn mit dem Schwert durchbohren."

„Und das ist wirklich von Luther? Ich kann es ja kaum glauben." Er schaute sie mit skeptisch zurückgebogenem Kopf an.
„Kannst du aber. Ich habe es lediglich in die Sprache unserer Zeit übersetzt. Aber wörtlich. Wir haben uns damit im Geschichtsunterricht befasst. Wir haben nämlich einen sehr guten Geschichtslehrer."
„Ich weiß. Dr. Iller."
„Woher weißt du ....? Ach, du hast gelauscht. Als wir im Cafe auf dem Marktplatz am Nebentisch saßen."

Sie konnte sich also an ihn erinnern. Das war bei so jungen Menschen wirklich erstaunlich. Die waren doch sonst nur auf ihre eigene Welt konzentriert. Aber sie war ja auf jeden Fall anders als andere. Sonst hätte sie nicht diese Weisheiten absondern können, diese Sprüche.

„Ja, Dr. Iller. Wir schätzen ihn sehr. Bei ihm haben wir gelernt, dass in der Geschichte die Personen die meiste Verantwortung haben, die die meiste Macht haben."
„Und Luther? Hatte der auch Macht?"
„Auf jeden Fall. Geistige Macht. Die Macht des Wortes. Die natürlich oft wenig bedeutet gegenüber der Macht des Schwertes oder des Geldes."

„Du hast ja für dein Alter eine ordentliche Portion Weisheit angehäuft", meinte nun Hartwig und blickte Nadine wieder erstaunt und mit Bewunderung an.

Als habe er etwas Unanständiges geäußert, stand sie nun –beinahe unwirsch- auf und hatte es plötzlich sehr eilig.

***

Im Flur vor seinem Zimmer brannte noch Licht, als Hartwig den Schlüssel ins Schloss der Haustür steckte. Vor der linken Wand stand die Punkerin, die in der Druckerwerkstatt das Hanfpapier angezündet hatte. Sie war damit beschäftigt, einen Spruch in einem kleinen Glasrahmen aufzuhängen. Als er den Flur betrat, drehte sie ihren weißgetünchten Kopf mit den gewagten Piercings zu ihm um, und ein Ausdruck des Erkennens huschte über ihren schwarzen Mund und ihre schwarzen Brillenaugen.

„Ich wusste gar nicht, dass das hier auch eine Abteilung der Druckerwerkstatt ist", versuchte Hartwig einen ungeschickten Annäherungsversuch.
„Nee, det is bloß die Pension von meinen Eltern. Die muss mal en bisschen aufjemotzt werden. Oder jefallen Ihnen die Sprüche nich?"

Er rückte näher an den aufgehängten Spruch heran und las: „Hinter jeder ernsthaften geistigen Auseinandersetzung steckt ein existenzielles Problem. Ist es gelöst, fällt jene oft wie ein Kartenhaus in sich zusammen."
„Stammt der Spruch von Ihnen?" Hartwig war verblüfft. „Hinter jeder ernsthaften geistigen Auseinandersetzung steckt ein existenzielles Problem. Ist es gelöst, fällt jene oft wie ein Kartenhaus in sich zusammen."
„Kanns ruhig du zu mir sagen. Aber nee. Det is nich von mir. Bin ick ze blöde für. Meine Freundin Nadine. Die is so'n Intellijenzknoten. Hier: Wer kommt denn uff so was? Warum heißt die Krankheit mit dem gekrümmten Rücken Bechterew? – Weil sie sich sinnvoll reimt auf Chef."

Während sie einen Schritt zurücktrat und anerkennend aus ihren geschwungenen schwarzen Lippen heraus lächelte, bemerkte Hartwig die dünnen blonden Augenbrauen, die sich in einem Bogen fast unmerklich in der Stirn verloren, und die strohigen blonden Haare, die sie, wie aus Trotz, noch strohiger und blonder gemacht hatte, als sie in Wirklichkeit waren. Nun musste eine Strähne von einer großen schwarzen Klammer gehalten werden. Das waren die Augenbrauen und die Haare ihrer Mutter, die er bei seiner Ankunft in einem Sumpfgebiet in einem slawischen Dorf angesiedelt hatte. Eigentlich hässlich, dachte er, aber irgendwie lieb und dann doch von einem eigenartigen Reiz.

„Hier, det is natürlich auf den Einfluss ihres Schwarms zurückzuführen: Der Faschist setzt sich aggressiv für die Abschaffung der eigenen Freiheit ein." Sie hängte den Spruch in einem kleinen Glasrahmen an den letzten freien Nagel, den sie vorher in die Wand geschlagen hatte, und nahm den Hammer, der auf dem Boden lag, an sich.

„Ihres Schwarms?" Hartwig schüttelte innerlich den Kopf über sich selber, weil er bei dem Wort die Spur eines Gefühls in sich aufsteigen spürte, das er eindeutig als Eifersucht identifizierte. Noch peinlicher war ihm, dass der Blick aus den hellblauen Augen mit den schwarzen Pupillen nun einen ironischen Zug annahm, als hätte sie seine Gefühlsregung bemerkt. Aber das war doch Unsinn. Er war zu sensibel und unsicher geworden, seit er alleine lebte.
„Ick meene Dr. Iller. Unseren Geschichtslehrer. Wir finden ihn ja alle toll. Besonders die Mädchen. Aber Nadine? Ick jloobe, die is rejelrecht in ihn vaknallt. Rein platonisch natürlich. Aber det vastehn unsere Jungs wieder nich. Vor allem Christian. Un Marcel erst recht. Det is der mit dem Zopf, erinners de dich? Der war doch ooch mit inne Druckerwerkstatt. Jehört ooch in unser Zeitungsteam. Aber mit dem Iller, da is er reineweg bekloppt. Aus Eifersucht. Allet wat der Iller sagt, da

muss er immer kontra sein. Manchmal kann einem da rejelrecht bange werden. Det klingt dann schon fast wie bei em Neonazi. Wenn Nadine den Iller nicht immer so anhimmeln tät, wär der bestimmt ooch en Fan von dem."
„Aber Ihre Freundin, deine Freundin, macht doch so einen emanzipierten und intelligenten Eindruck. Das passt doch irgendwie gar nicht, was Sie da erzählen", warf Hartwig ein.
„Is aba so. Wenn se eenen älteren Herrn trifft, der ihr so vorkommt, als wäre er nicht auf den Kopp jefallen, un wenn er dann noch ihre jeistige Wellenlänge vertritt, dann isse hin un weg. Bei dir hatt ick ooch schon so en Jefühl, obwohl ....."

In diesem Moment streifte sie ihren schwarzen Kunstlederärmel mit dem martialischen silbernen Knopfbesatz hoch, schaute auf ihre Armbanduhr und rief erschrocken: „Jetz muss ick aba jehn. Morjen is Matheklausur, schon inne erste Stunde." Schwang den Hammer auf ihre Schulter und verschwand.

***

Im Bett las Hartwig noch einmal die judenfeindlichen Sätze, die ihm Nadine gegeben hatte.

„Jawohl, sie halten uns in unserem eigenen Land gefangen, sie lassen uns arbeiten in Nasenschweiß, Geld und Gut gewinnen, sitzen sie dieweil hinter dem Ofen, faulenzen, pompen und braten Birnen, fressen, saufen, leben sanft und wohl von unserm erarbeiteten Gut, haben uns und unsere Güter gefangen durch ihren verfluchten Wucher, spotten dazu und speien uns an, dass wir arbeiten und sie faule Junker sein lassen ... sind also unsere Herren, wir ihre Knechte."

Da waren doch alle Vorurteile des 19. Jahrhunderts und der Nazizeit versammelt! Und dann fand er auch noch die Anweisungen zu ihrer Vernichtung:

„Erstens, dass man ihre Synagogen oder Schulen in Brand stecke und, was nicht verbrennen will, mit Erde überhäufe, so dass kein Mensch in alle Ewigkeit einen Stein oder Überreste davon sehen kann.
Und das soll man tun, um unsern Herrn und die Christenheit zu ehren, damit Gott sieht, dass wir Christen sind.

Dann soll man auch ihre Häuser zerstören. Denn sie treiben darin dasselbe wie in ihren Schulen. Dann soll man sie in einen Stall stecken, wie die Zigeuner, damit sie wissen, dass sie nicht die Herren in unserem Land sind.

Drittens soll man ihnen ihre Gebetbücher und den Talmud wegnehmen, in denen Abgötterei, Lügen, Fluch und Lästerung gelehrt wird.

Viertens soll man ihren Rabbinern bei Leib und Leben verbieten, weiter zu unterrichten.

Ferner will er ihnen Geld und Schmuck aus Silber und Gold wegnehmen und es beiseite legen, um es zu verwahren.
Den jungen starken Juden aber soll man Flegel, Äxte und anderes Werkzeug geben und sie im Schweiße ihres Angesichts ihr Brot verdienen lassen."

Schuldzuweisungen, Vernichtung, Enteignung, Arbeitsdienst. Wie konnte das möglich sein bei einem Menschen, der so intelligent, so mutig und so verständnisvoll für alles Menschliche war? Das war ein Brandstifter. Einer, der Schuld hatte aufgrund seiner geistigen Macht, keine Frage.

Plötzlich kam ihm der eine Spruch in den Sinn, den diese Anne eben auf den Flur gehängt hatte. Wie war der noch? Er hatte etwas mit geistigen Auseinandersetzungen zu tun. Passte das auf Luther? Er stand auf, schloss die Tür auf und schaltete das Licht auf dem Flur an. Da hing der Spruch: „Hinter jeder ernsthaften geistigen Auseinandersetzung steckt ein existenzielles Problem. Ist es gelöst, fällt jene oft wie ein Kartenhaus in sich zusammen."

Als er wieder im Bett lag und die Nachttischlampe gelöscht hatte, dachte er noch eine

Zeitlang über diesen Satz nach. Nein, der hatte mit Luther nichts zu tun. Das war doch gar keine ernsthafte geistige Auseinandersetzung. Das war doch reine Hetze. Und gab es überhaupt irgendwelche Berührungen zwischen Luther und Juden? Das würde er zu Hause einmal nachprüfen. Und doch berührte ihn dieser Satz. Als habe er mit ihm selber zu tun. Und dann fiel es ihm ein. Die Auseinandersetzung mit seinem Sohn. Es war eine geistige Auseinandersetzung. Auch eine ernsthafte. Aber welches existenzielle Problem sollte dahinterstecken? Hatten sie ein existenzielles Problem miteinander? Nie hatte es zwischen ihnen finanzielle Auseinandersetzungen gegeben, wie er das von anderen Familien kannte. Übberzogene Ansprüche des Sohnes. Im Gegenteil. Hartwig hatte sich immer gewundert, mit welcher selbstverständlichen Bescheidenheit Armin die Zeit seines Studiums und auch die Zeit danach verbracht hatte. Mehrmals hatte er sich sogar bei ihm bedankt, dass er ihm das alles ermöglicht hatte. Dabei hatten weder er noch Hilde, seine damalige Frau, ihrem Sohn übertriebene Zuwendungen zukommen lassen.

Oder sollte Hilde das Problem sein? Vor zehn Jahren hatten sie sich getrennt. Es hatte einfach keinen Sinn mehr. Zu verschieden war ihre Art zu leben geworden. Oder vielleicht immer gewesen, ohne dass es ihnen am Anfang bewusst gewesen war. Und vor vier Jahren war sie dann gestorben. An Krebs. Für alle ziemlich überraschend. Auch natürlich für Armin. Der hatte sie ja ab und an gesehen. Nicht allzu oft, da ihr Verhältnis zueinander nicht so eng war wie das zwischen Vater und Sohn. Das war ja immer so gewesen. Hilde hatte seit der Geburt von Armin stets eine merkwürdige Distanz zu ihrem Sohn gehabt. Ihm, Hartwig war das selbstverständlich gewesen. Aber der eine oder andere von ihren Freunden hatte schon einmal eine Bemerkung darüber gemacht. Und beide Großeltern. Das hatte er aber alles nicht so ernst genommen. Und auch die Tatsache, dass Armin nach der Trennung nicht so häufigen Kontakt zu seiner Mutter hatte, war für ihn einfach selbstverständlich gewesen.

Wenn er aber richtig darüber nachdachte, war Armin seit dem Tod der Mutter ihm, seinem Vater gegenüber, reservierter und auch kritischer geworden. Und hatten nicht da erst die oft endlosen Diskussionen über Politik und Gesellschaft angefangen, die er teilweise interessant fand, die ihn aber auch ein wenig nervten, wie nun die Diskussion über die Schuld der Deutschen an der Nazizeit. War das vielleicht gar nicht eine rein geistige Diskussion? Ging es Armin vielmehr darum, seinem Vater eins auszuwischen? Wollte er ihn einfach in die Rolle des Schuldigen versetzen? Weil er ihn für schuldig hielt an etwas ganz anderem: dem Tod seiner Mutter? Vielleicht sogar der Trennung? Dabei wusste er doch, wie alles gelaufen war. Aber das Unbewusste der Menschen ging oft seltsame Wege. Vielleicht fühlte sich Armin selber schuldig, an der Trennung der Eltern und schließlich an dem Tod der Mutter. Plötzlich wurde Hartwig klar: Sie mussten unbedingt darüber reden. Das würde natürlich nicht leicht. Weil Armin ihn zuerst für verrückt erklären würde, wenn er ihm solche Gedanken eröffnete. Sein Denken war für so etwas viel zu klar, zu logisch, zu bewusst. Aber nun wusste er, wie wichtig der Austausch dieser Gedanken und Gefühle für sie wäre. Vielleicht musste er irgendjemanden um Hilfe, um Vermittlung bitten. Aber wen? Das würde sich schon finden. Auf jeden Fall waren solche Gespräche für beide sehr wichtig. Dieser Entschluss beruhigte ihn sehr, so dass er langsam einschlief.

***

„Hier geht es lang." Ein alter Mann mit Hund wies nach rechts, zu einem Weg, der an einem Bach entlang verlief, als Hartwig noch wie unschlüssig auf das Gebäude in der Ferne schaute, das einen Hauch von Orient verbreitete und gleichzeitig an Kinderspielzeug erinnerte.
„Zur Hundertwasserschule?"
„Ja, klar, zum Hundertwasser-Gymnasium. Geradeaus geht nicht."

Wieso wusste der Mann, dass er zu diesem Gebäude wollte? Sicher war der Bau weit und breit bekannt, aber eine regelrechte Touristenattraktion schien er nicht zu sein. Gleich sollte Hartwig sehen, dass er dort der einzige Mensch von außerhalb war, der den Bau anschaute. Was ging im Kopf dieses Mannes vor? Ein Fremder. Als solcher wurde er wohl immer wieder irgendwie erkannt. Und hier an dieser Stelle mit dem Blick auf das in der Ferne liegende Gebäude. Also musste er ein Hundertwasser-Tourist sein. Weil alles andere seinen gewohnten Gang nahm. Die Mütter mit den Kinderwagen. Die Kinder, die zur Schule oder zur Kita gingen. Die anderen alten Leute, die ihre Hunde spazieren führten, und die er alle kannte. Und ab und an, aber selten, so ein anderer, Wessie wahrscheinlich. Der hier eindrang, aus Gründen, die ihm nie klar geworden waren. Spionierten die hier etwas aus? Oder stocherten sie in ihrer Vergangenheit herum? Oder wollten sie wieder eines dieser windigen Geschäfte begründen, die sich dann nach kurzer Zeit als Flop oder Betrug erwiesen? Und dann ihre moralischen Ansprüche. Als hätten sie die Moral erfunden. Und würden sie nun als Missionare bei ihnen verbreiten. Wie ihre Geschäfte. Das wussten die sinnvoll miteinander zu verbinden. Aber immer freundlich sein. Und weiterschicken. Damit sie sie bald in Ruhe ließen. Und wieder alles seinen gewohnten Gang gehen konnte.

***

Wenn es stimmen sollte, dass Schönheit etwas mit Ordnung und Symmetrie zu tun haben müsse, dann konnte dieser Bau doch nicht schön sein. Und doch empfand Hartwig genau das Gegenteil. Die beiden glasierten Säulen, die das Vordach mit den völlig ungleichmäßigen roten Kacheln trugen, glänzten zwar beide, sonst aber waren Wülste, Kugeln und Schäfte an ganz unterschiedlichen Stellen, und auch das dunkle Blau, das lichte Türkis, das metallisch glänzende Rot und das satte Gelb waren irrational asymmetrisch verteilt. Ein bewusster Aufstand gegen alle Berechenbarkeit, wie die unterschiedlich mit Fliesen gefassten Fenster, einmal rechteckig, dann rund, dann einfach in der Wandfläche eingelassen, dann gerahmt. Bei genauerem Hinsehen empfand Hartwig aber auch, dass hier etwas vertuscht wurde. Drei unangenehm geradlinige rötliche Türme, sollten sie Treppenhäuser verbergen? Auf der anderen Seite wurde das Vertuschen gerade nicht vertuscht, sondern betont, zumindest zugegeben. Auf der rechten Seite öffnete sich die phantasievolle helle Fassade wie in einem schrägen Riss und ließ erkennen, was darunter lag, ein phantasieloser Zweckbau. Aus dem an einigen Stellen Birken aus den Fenstern wuchsen, als habe die Natur begonnen, wieder die Herrschaft zu übernehmen. Welcher Geist herrschte hier wohl im Inneren?

Als er durch den märchenhaften Eingang den Flur im Inneren betrat, war er zunächst ernüchtert. Bis auf eine geschwungene Linie in der Mitte der Wand nichts Verspieltes mehr.

„Suchen Sie etwas Bestimmtes?" Eine Stimme, die unter der Höflichkeit ein Zurordnungrufen kaum verbergen konnte, ertönte aus einer Männergestalt, die ihn sofort an den Wirt in seiner Pension erinnerte. Die gleiche athletische Gestalt, der gleiche massige kurz geschorene Kopf, nur dass dieser ein hektisches Rot aufwies, wie von Bluthochdruck gezeichnet.

„Ich wollte nur einmal sehen, wie sich das Äußere dieses wunderbaren Baus im Inneren fortsetzt."

„Ha, da haben Sie Recht. Aber Sie sehen ja, wie an vielen Stellen lässt die Schau rapide nach, wenn man nachschaut, wie's da drinnen aussieht." Er lachte ein sarkastisches Lachen, das Hartwig abstieß.

„Wie kam es eigentlich dazu, dass in Wittenberg ein Architekt wie Hundertwasser baute?"

„Da treffen Sie wieder ins Schwarze. Passt gar nicht in diese Stadt. Aber das war so: Schüler hatten sich mit Hundertwasser im Kunstunterricht beschäftigt, und da waren einige so begeistert, dass sie sich entschlossen, Hundertwasser in Wien zu besuchen und ihn zu überreden, den Plattenbau des alten Schulgebäudes in seinem Stil umzubauen. Das war so ein Projekt. Ach, wenn Sie wüssten, wie viel normaler Unterricht wegen so eines Projekts ausfällt. Und so richtig aktiv sind dabei immer nur einige Schüler. Sie wissen ja, wie Schüler sind. Einige Fleißige und Intelligente, auf deren Kosten sich die anderen einen schönen Tag machen."

In diesem Augenblick kamen zwei ältere Schüler die Treppe heruntergesprungen. Als Hartwig genau hinschaute, staunte er: Das waren ja die beiden Jungen, die er schon am Markt und in der Druckerwerkstatt gesehen hatte. Nun erblickten sie auch ihn, und er meinte aus dem Mund des Kahlköpfigen das Wort „alter Knacker" gehört zu haben, während der andere, der mit dem Zopf, laut lachte.
„Wo wollt ihr denn jetzt hin?" rief der Rotgesichtige hinter ihnen her, während sie in den Tiefen des Flurs verschwanden.
„Redaktion, Herr Teusch", tönte es aus der Ferne.
„Jaja, unsere Herren Redakteure. Sehr intelligente Burschen, und auch die anderen, die in der Schülerzeitung arbeiten. Leider nehmen sie sich manchmal ein wenig zu wichtig. Wie unser Kollege Iller, der sie dann in Schutz nimmt, wenn sie mal wieder wegen eines Projekts im Unterricht fehlen."
„Iller? Dr. Iller? Der Geschichtslehrer?"
„Ja. Kennen Sie ihn? Ich hätte gedacht, Sie wären fremd in unserer Stadt." Nun wurde

sein Gesichtsausdruck von Misstrauen überzogen.

Hartwig erzählte ihm nun von der Begegnung in der Druckerwerkstatt und von Nadine und ihren erstaunlichen Sprüchen. Das Misstrauen in Herrn Teuschs Gesicht wurde dabei eher noch stärker. Was war das für ein merkwürdiger Fremder, und was wollte er eigentlich in ihrer Stadt? Das war doch kein normaler Tourist. Trotzdem konnte er es sich nicht verkneifen, noch eine negative Bemerkung über den Besuch der Schüler aus dem Ruhrgebiet zu machen. „Auch so eine Idee unseres Herrn Iller. Von Dr. Iller", verbesserte er sich.

„Sie reden über mich, wie ich höre, verehrter Herr Kollege", ertönte in diesem Augenblick eine belegte Stimme von links, und plötzlich stand vor ihnen ein schlanker Mann mit angegrautem Haarkranz. Der Große drehte verlegen ein Stück Papier in seinen Händen und meinte stotternd, er habe dem Touristen aus dem Westen gerade von ihrem Schüleraustausch gesprochen. Dann zeigte er demonstrativ auf das Aktenstück in seiner Hand und hatte es auf einmal eilig, weil er diese Angelegenheit unbedingt vor der Pause im Sekretariat erledigen müsse.

Wieder kam die Rede auf Hartwigs Begegnungen in der Stadt und auf die Geschichte der Schule. Sein Gegenüber hörte ihm aufmerksam zu und blickte ihn aus wachsamen Augen an. Bei der Erwähnung von Nadine lief ein Leuchten über sein Gesicht.

„Sie war von Anfang an dabei, obwohl sie damals zu den Jüngsten gehörte. Und manchmal meine ich, ihre Persönlichkeit sei es gewesen, die uns bei Hundertwasser den Durchbruch verschaffte."

„War sie denn damals auch schon so geklei…?"

„Sie meinen, ihr Gothic-Design? Ach was, sie war ein ganz normales kleines Mädchen. Aber kess. Und ihre Ideen. Sie war es auch, die alle anderen überredete, den Besuch in Wien zu unternehmen. Dabei war es eher unwahrscheinlich, den Architekten dort anzutreffen. Der verbrachte doch damals schon die meiste Zeit auf seinem Schiff vor Australien. Und wer hatte schon den Mut zu glauben, dass er uns empfangen würde. Sie schrieb ihm aber einen Brief, den er prompt mit einer Einladung zu einem Empfang beantwortete. Ich bin wirklich mal gespannt, was aus diesem Mädchen einmal wird. Ich tippe ja auf Schriftstellerin."

„Sie scheint Sie vor allem als Geschichtslehrer zu schätzen. Und ihr Freund Christian auch."

Dr. Iller warf Hartwig einen langen, nachdenklichen Blick zu.

„Die Auffassungen der Geschichtslehrer an dieser Schule unterscheiden sich sehr, vor allem was ihr Verhältnis zur Geschichte im Allgemeinen angeht. Zu meinen Anschauun-

gen gehört, dass ich zuerst über das Subjekt der Geschichtsbetrachtung nachdenke. Das heißt also: mich und unsere Schüler. Was sind ihre oder meine Interessen? Danach richtet sich, welche Richtung unsere Forschungen nehmen. Und es interessiert mich auch sehr, welche Folgen bestimmte Forschungen für unser Bewusstsein haben, ob sie Schuldgefühle in uns auslösen, ob sie davon ablenken, das Augenmerk auf die Mächtigen von heute zu lenken. Denn Geschichte muss immer auch mit Politik und Handlungsfähigkeit zu tun haben. Sonst hat sie ihren Zweck verfehlt. Aber mit dieser Auffassung habe ich heute ähnliche Schwierigkeiten wie zu Zeiten der DDR. Nicht aber bei den Schülern. Und das reicht mir."
Er lächelte versonnen.

***

Hartwig stand wieder auf dem Vorplatz der Schule und betrachtete eine dieser kostbaren und zerbrechlichen Säulen, die mit Glasur wie mit einem leckeren Guss überzogen waren. Stellte diese Schule einen Aufbruch dar in eine neue Zeit, in Loslösungen von alten Denkschemata, oder bekam hier das Alte lediglich ein neues buntes Gewand übergestülpt, das bei den geringsten Anforderungen und Erschütterungen in sich zusammenbrechen musste? War der lockere Untergrund unter der Säule Symbol für ständige Erneuerung und ständige Wachsamkeit, oder zeigte er, dass alles nur sozusagen auf Sand gebaut war? Als die Klingel zur Pause ertönte, zog er sich aus dem Schulgelände zurück. Das Gewusel der Schülermassen wollte er sich dann doch lieber nicht antun.

Schräg gegenüber der Schule lag eine riesige Garagenanlage. Wenn er sie diagonal durchquerte, musste er genau in die Richtung kommen, die ihn zur Innenstadt führen würde. Auf grobem Kiesboden schritt er durch endlos lange Reihen von identischen Garagen mit Holztoren. Hier handelte es sich sicher um eine Anlage aus DDR-Zeiten. Ob sie wirklich am anderen Ende einen Ausgang haben würde? Zur Sicherheit wollte er lieber jemanden fragen. Doch erst in der nächsten Reihe fand er jemanden, der sich bei offener Garagentür mit einem Werkzeug zu schaffen machte.

„Entschuldigen Sie, hat diese Garagenanlage am anderen Ende noch einen Ausgang?"
Der Mann drehte sich ruckartig um und blickte ihn –wie es ihm schien- aus wütenden, leicht geröteten Augen an. Gallige braune Schlitzaugen unter einer streng gefalteten Stirn tadelten Hartwig wegen seiner Anwesenheit, wenn nicht wegen seiner Existenz. Seine dünnen Lippen öffneten sich, um ihm ärgerlich vorzuwerfen: „Haben Sie schon mal eine Garagenanlage mit zwei Ausgängen gesehen?"

Eine Zumutung also oder zumindest eine Dummheit, eine solche Frage zu stellen. Den Holzhammer in seiner Hand schwenkte er in einer unmutigen Bewegung, als wolle er ihn wegschleudern. In seiner Art lag solch ein Grad von Anmaßung und Borniertheit, dass Hartwig sich nicht in der Lage fühlte, darüber hinwegzusehen. Er fühlte sich von ihm provoziert. Der war nie aus seiner Garage herausgekommen und wollte ihm die als den Nabel der Welt verkaufen. Oder vielmehr verordnen. Um zu verkaufen, musste man ja die Ware anpreisen, musste man Werbung betreiben. Davon konnte hier keine Rede sein. Die Welt war so, und alle hatten sich danach zu richten. Dem musste dieser Zahn unbedingt gezogen werden. Wenn der wüsste, wo sich Hartwig überall auf der Welt herumgetrieben hatte! Er kannte das ja aus seiner Jugend, bevor er Jahre im Ausland verbracht hatte. „Bleibe im Lande und nähre dich redlich!" So hatte es ihm damals von manchen Leuten aus der Enge seiner Heimat entgegengetönt. Wie hatte er sie dafür verachtet!

„Wissen Sie, es gibt auf der Welt so viele Arten von Garagenanlagen. Die sind überall anders." Um ihm zu zeigen, wie provinziell er war, und dass er nie über seinen Tellerrand hinausgeschaut hatte. Die Wirkung seiner Bemerkung war dementsprechend. Die Hautfarbe seines Gesichts und vor allem der Nase bildete nun einen lebhaften Rotkontrast zu dem Blau seines Arbeitsanzugs und seiner blauen Mütze. Mit großer Heftigkeit begann er nun überflüssigerweise den Weg zurück zur Straße zu beschreiben, den Hartwig gerade gekommen war, und den er ja genau kannte. Die Beschreibung wirkte wie ein unwiderrufliches Kommando, sofort den Rückweg anzutreten.

„Also heißt das, hier kann ich nicht weitergehen, um meine Schritte in Richtung Stadtmitte zu lenken", unterbrach ihn Hartwig. Er drückte sich mit Absicht so gewählt aus. Die Wirkung übertraf aber seine wütenden Hoffnungen.

Nun fing sein Gegenüber regelrecht an zu brüllen: „Was? Wollen Sie mich wohl ausreden lassen! Wo sind wir denn hier? Das ist ja das reinste Chaos. Als wenn wir im Westen wären!"

Aha! Daher wehte der Wind! Hatte er es sich doch gedacht! Nun drehte sich Hartwig abrupt um und begann langsam den Rückweg. Einen Moment lang herrschte Stille in seinem Rücken. Das Letzte, woran er sich später erinnerte, waren diese plötzlichen Schritte auf dem Kies und ein Gefühl, wie wenn der Himmel über ihm zusammenbrechen würde. Dann nichts mehr.

***

Nur die Kieselsteine ringsum, weiße, gelbe, rötliche und dieser wahnsinnige Schmerz in seinem Kopf.

So nah hatten seine Augen lange nicht mehr vor einzelnen Kieselsteinen gelegen, kleinen, größeren, winzigen, die alle in dem festgetretenen Sand steckten. Aber er sah sie von der Seite, nicht von oben. Merkwürdig. Auch in seiner Kindheit hatte er sie zumindest aus der Hocke angeschaut, nie aus dieser Position, in der er selber gleichsam einer von ihnen war. Stein zu Stein. Erde zu Erde. Asche zu Asche. Von hier aus hätte er auch die Tischbeine aus der gleichen Lage sehen können, wie er sie im Arbeitszimmer von Armin erblickte, wenn er morgens auf der Matratze aufwachte oder am Abend, wenn Armin spät nach Hause kam und noch einmal das Licht anschaltete, um sich an seinen Laptop zu setzen. Hartwig war dann im ersten Moment immer ein bisschen verärgert über die Störung, sagte sich dann aber stets, dass er die Gelegenheit nutzen müsse, wenn Armin ihn in ein Gespräch verwickelte. Hatten sie nicht früher viel zu selten miteinander geredet? Und wer war daran schuld, wenn nicht er selber? Er war schließlich der Vater.

In den rasenden Schmerz in seinem Hinterkopf hinein hörte er Armins Stimme, wie sie klar und deutlich über den Artikel redete. Aber was hatte das mit diesem fürchterlichen Ziehen in seinem Hinterkopf zu tun?
„Es gibt keinen einzigen dokumentierten Fall von Befehlsverweigerung, der schlimme Konsequenzen nach sich gezogen hätte."

Aber ging es darum?
Ging es nicht um Zahlen? Und um die Novemberwahlen. Die Nazis hatten schwere Verluste erlitten. Waren ganz verzweifelt. Das schrieb auch Goebbels in seinem Tagebuch. Weniger als ein Drittel. Die übergroße Mehrheit hatte ihn nicht gewählt.
„Und wieso haben sie in diesen riesigen Zahlen an der Vernichtung der Juden mitgewirkt? Alle. Aus allen Schichten."
200 000. Eine beschämend große Zahl. 60 Millionen geteilt durch 200 000. Durfte man so etwas ausrechnen? 0,3%. Also was willst du? Wie wenn ihm auf einmal die Maske eines Neonazis aufgedrückt würde. Ihm! Aber man konnte doch nicht einfach das Denken abstellen. Und dann seine Eltern. Die waren doch nicht schuld. Nie hatte er das so empfunden. Dazu hätte man Macht haben müssen. Man hätte zumindest in der Lage sein müssen Zeitung zu lesen. Die lagen doch am Boden. Von Anfang an. Und jetzt lagen sie drunter. Und er kurz darüber. So dass er den leicht säuerlichen Geruch der Erde wahrnehmen konnte.

Die Stimme seines Sohns nahm nun einen weiblichen Klang an und diesen östlichen Akzent.
„Wat is denn mit dir passiert? Hallo! Jeb doch mal eenen Ton von dir! Ick bin et doch. Anne. Kenns mich doch. Oder?" Und nach einer Pause, aus größerer Höhe: „Mensch, den hat

et aba erwischt. Wat machen wir nun mit dem?"

Als Hartwig seine Augen nach oben drehte, sah er die weiße Maske mit dem geschwungenen schwarzen Mund und die schwarzen Brillenaugen auf sich zukommen. Die Nadeln aus dem Mund, als wollten sie ihn aufspießen.

„Mein Kopf!" rang es sich mühsam aus Hartwigs Mund.

Neben dem struppigen blonden Schopf mit der weißen Maske zeigte sich sorgenvoll das Gesicht mit den langen braunen Haaren, die zu einem Zopf gebunden waren. Wie hieß er noch? Das war doch der eine junge Mann vom Marktplatz und aus der Druckerwerkstatt. Der angeblich eine künstliche Opposition zu Dr. Iller einnahm. Wenigstens hatte Anne das so geäußert. Marcel, richtig, Marcel hieß er.

„Ich glaube, wir müssen den Krankenwagen benachrichtigen. Der reagiert ja kaum."

Anne warf ihm einen erschrockenen Blick zu. „Dann wollen die doch wissen, wat wir hier zu suchen hatten. Nee, ick ruf man lieber meine Mutter an."

„Aber die will doch dann auch …". Marcels Augen weiteten sich.

„Nee, lass mich mal machen", erwiderte sie resolut.

Nun zog sie aus der Brusttasche ihres schwarzen Kunstlederanzugs ein winziges rosa Handy, tippte mit spitzem Finger auf eine Taste und ging ein paar Schritte zur Seite, von wo Hartwig nur undeutlich ihre Stimme vernehmen konnte.

Und dann begann eine nicht enden wollende Zeit, in der Hartwig einerseits den Impuls in sich verstärken wollte, seine Gliedmaßen zu bewegen und aufzustehen, andererseits diese grüne Holzgaragentür seinen Blick fesselte und ihn merkwürdigerweise wieder in die Diskussion mit Armin verstrickte. Verantwortung des Einzelnen. Wir sind alle schuld. Irgendwie alle Täter. Das können wir nicht leugnen. Auch an der Umweltmisere. Unser Kaufverhalten. Unser Mobilitätsverhalten. Autofahren. Flugzeuge. Seine eigene Empörung. Ich weigere mich, mich schuldig zu bekennen, weil auf den gekrümmten Rücken stets das Zepter eines Herrschers schlug. Welches Herrschers? Des großen Kapitals. Der Milliardäre. Deine Verschwörungstheorien. Warum will er mir immer was am Zeug flicken? Er ist doch genauso ein Nichts wie ich. Wie alle Leute, die wir kennen. Wir haben keinen Einfluss. Und was wir tun, hat kaum Wirkung. Irgendeine Wirkung schon, aber minimal. Wirkung hätten wir nur, wenn wir gemeinsam handeln würden. Warum tust du das nicht? Habe ich doch schon versucht. Brachte auch was. Auf lokaler Ebene. Darüber hinaus finde ich keine Verbündeten. Ist doch nur eine Ausrede. Du brauchst halt auch deine Sündenböcke. Die die Macht in Händen halten, sind keine Sündenböcke, sondern eine Tatsache.

Es gelang ihm, sich auf einen Arm aufzustützen.
„Helft mir doch mal!"
Der mit dem Zopf und die Weißgesichtige fassten ihn an den Armen, so dass er nun auf dem Kiesboden saß.

In dem Moment hörte er, wie sich hinter ihm auf dem Kies langsam ein Auto näherte. Türenschlagen. Dann stand die Pensionswirtin vor ihm. Fast hätte er sie nicht erkannt. Keine schmuddelige Freizeithose mehr, keine Badelatschen. Heute trug sie ein schickes graues Kostüm, und die Haare über den schlitzäugigen Spreewaldaugen hatten offensichtlich nicht nur die fällige Wäsche, sondern auch einen flotten Schnitt beim Friseur erhalten. Ihre Stimme klang sehr besorgt, fast liebevoll:
„Was ist mit Ihnen passiert? Sind Sie ohnmächtig geworden?"
„Schlag auf den Kopf", murmelte Hartwig.
„Ein Schlag auf den Kopf? Am hellerlichten Tag? Haben Sie das nicht geträumt? Obwohl ….."
Sie machte ein paar Schritte auf ihren hohen Absätzen auf dem Kiesweg um ihn herum und bückte sich, um seinen Kopf in Augenschein zu nehmen.
„Das sieht ja wirklich schlimm aus. Eine Riesenbeule. Aber wissen Sie was? Ich fahre Sie erst einmal in die Pension. Sie können doch aufstehen, oder? Wenn ich Ihnen helfe?"

Zu dritt halfen sie ihm nun auf und hievten ihn auf den Beifahrersitz des silbern blitzenden Wagens.

„Können wir wieder zur Schule zurück?" fragte ihre Tochter sie und schaute dabei auf die Uhr.

„Ja, geht mal! Wenn ich nicht alleine zurechtkomme, dann kann mir die Putzfrau helfen. Geht mal nur!"

***

Das war halt der Nachteil, wenn man sich zurücklehnen konnte und als krank galt, der Ausgleich für die Fürsorge, die man an seinem Bett genoss, das Tablett mit Essen, das einem auf den Bauch gestellt wurde, die Eisbeutel, die einem mit zarten Fingern auf dem Schädel drapiert wurden, und der behutsame Ton, in dem man angeredet wurde. Als Person hatte man aber einen Teil seiner Mündigkeit abgegeben. Die Intimität des Gastzimmers war aufgehoben. Die Ungestörtheit der Anonymität galt nicht mehr. Deshalb konnte sie auch einfach –nach einem kurzen Klopfen, das ihm nicht einmal Zeit ließ, mit einem „Herein" oder wenigstens einem mühsamen „Ja" zu reagieren- die Tür aufstoßen und sich wie selbstverständlich auf seine Bettkante setzen, als sei er nicht in der Lage sie zu verstehen, wenn sie vor ihm stand oder auf dem gegenüberliegenden Sofa Platz nähme. Oder empfand sie die gleiche Abneigung gegen den grellen Kunststoff, mit dem es bezogen war? Immerhin hatte sie sich, als sie die Sprüche von Nadine auf dem Flur aufhängte, ein wenig als Missionarin in der Geschmackswüste ihrer Eltern gegeben.

Doch nun kam sie nicht als Missionarin. Warum diese ungewohnte Nähe? Die im Gegensatz stand zu ihrer aggressiven Stacheligkeit, die in den blitzenden Nadeln und ihrer Kriegsbemalung nur allzu deutlich zum Ausdruck kamen.
„Auch Marcel findet det ausjesprochen jut, dat du nix von unserer Kurzreise erwähnt hast. Kann ja auch unter uns bleiben. Ick meene, du kenns ja sicher ooch solche Situationen. Wars ja ooch mal jünger. Un deine Mutter wär sicher ooch nich besonders erbaut jewesen, wenn se davon erfahren hätte. Un hier bis de doch in juten Händen, oder? De Mama sorgt doch wie `ne Mutter für dich."
Sie lachte, als hätte sie einen guten Witz gemacht. Dabei zeigten sich zwei kleine gutmütige Bäckchen, die sich mit dem knubbeligen Nasenende zu einem lieben Kindergesicht vereinigten. Hartwig sah nun, dass die ganze Maskerade nur dazu diente, dieses liebe Kind zu verbergen. Sollten die nachfolgenden Sätze auch zu dieser Maskerade gehören?
„Da is doch det Krankenhaus jar nich nötig. Die stellen doch da nur unnötige Fragen. Un besser bedient wirs de da ooch nich. Auf je-

den Fall bedanken wir uns noch mal bei dir, der Marcel un ick ooch."

Er erschrak regelrecht, als sich nun die Nadeln bedrohlich seinem Gesicht näherten, sich aber im letzten Moment durch eine geschickte Drehung des weißgetünchten Gesichts mit der schwarzen Maske ein wenig zur Seite bewegten, so dass die Schmollmundlippen in der Lage waren, ihm einen weichen Kuss auf den Mund zu drücken.
Darauf erhob sie sich schnell, als wolle sie ihr Verhalten gleich wieder ungeschehen machen, schritt zum Ausgang, indem sie noch etwas von Hausaufgaben murmelte, blieb aber in der geöffneten Tür stehen und sagte mit erhobenen nicht vorhandenen Augenbrauen: „Übrijens, der Schläjer, det is der Opa von Nadine, stell dir vor!"

***

Der Opa von Nadine! Das gibt sie so von sich, und dann ist sie weg! Weil sie noch Hausaufgaben machen muss! Plötzlich war er hellwach. Er hatte sich den Schlag auf den Kopf also nicht eingebildet. Weil er vielleicht aus irgendeinem Grunde ohnmächtig geworden und gestürzt war. Da war ja auch dieser wütende unsympathische Kerl, der ihn als Wessie erkannt und angeschnauzt hatte. Wie er sich das von Anfang an vorgestellt hatte. In seiner Wut musste der hinter ihm hergelaufen und ihm eins auf den Schädel gegeben haben. Den Hammer hatte er ja schon in der Hand gehabt. Und nun hörte er so ganz nebenbei, dass es sich um den Opa von Nadine handelte. Ausgerechnet Nadine!

Aber hatten die das nicht von Anfang an gewusst? Anne und ihr Freund Marcel. Die wollten doch offensichtlich nicht, dass er ins Krankenhaus eingeliefert wurde. Warum? Weil da natürlich nach den näheren Umständen seines Unfalls gefragt werden würde. Unfall! Von wegen! Die Fürsorge ihrer Mutter sei doch viel besser als ein Krankenhausaufenthalt! Die steckten doch alle unter einer Decke! Wie damals schon zu Zeiten Luthers. Seilschaften. In denen jeder seine Rolle spielte. Eine Hand wäscht die andere. Eine Hand schmiert die andere. Und auch die Mutter. Hatte nicht auch die von Anfang an gewusst, wer seinen „Unfall" verursacht hatte? So eine verlogene Bande! Von wegen Küsschen aus Mitleid oder Zutraulichkeit! Und von wegen liebes kleines Mädchen, das sich nur ein martialisches Äußeres verlieh, um seine Nettigkeit und Verletzlichkeit zu verstecken! Und die wollte doch auch noch etwas anderes vertuschen. Wie hatte sie noch gesagt? ‚Du wars ja ooch mal jünger.' Damit wollte sie sein Schweigen erkaufen. Aber über was? Das war nicht nur die Tat von Nadines Opa. Da war noch etwas, was mit ihr, mit Annes, ganz persönlichem Leben zu tun hatte. Und ihrem Freund, diesem Marcel. Von Kurzreise hatte sie gesprochen. Von der ihre Mutter nichts wissen dürfte. Eine Kurzreise in der Pause zu den Garagen gegenüber? Das englische Wort! A short trip. Das war's! Einen Trip hatten die unternommen. Die benutzten die Pausen, um sich gegenüber einen Joint reinzuziehen. Und er sollte zum Komplizen gemacht werden. Zu dem lieben verständnisvollen älteren Herrn, der dann auch ein Küsschen von diesen weichen schwarzen Lippen verdient hatte. Wut und Enttäuschung stieg in ihm auf. Das durfte so nicht bleiben. Da musste eine Anzeige her. Wo kamen wir denn hin, wenn so etwas ungeahndet blieb! Und diesem Früchtchen von Anne musste auch gezeigt werden, wie der Hase lief. Oder wusste ihre Mutter von den Gepflogenheiten ihrer Tochter? Unwahrscheinlich. Ha, wie würde sie reagieren, wenn sie das von ihm erführe? Dann käme sie vielleicht auch ein bisschen ins Nachdenken über ihre Seilschaft mit diesem Opa von Nadine. Was musste das überhaupt für ein Typ sein? Hatte der hier vielleicht alten Einfluss, aus DDR-Zeiten noch? Alte Abhängigkeiten? Oder sogar eine kommunistische Zelle, die sich erhalten hatte? Pension Freundschaft, und der Hauswirt mit seinem kahlgeschorenen militärisch aussehenden Schädel!

***

Dieser Duft! Den kannte er doch, obwohl er ihn lange nicht mehr gerochen hatte. In seiner

Kindheit öfter, im Garten seiner Großmutter und in der Vase auf der schweren Tischdecke mit den langen schwarzen glänzenden Troddeln. Deren Fäden manchmal verdreht waren, und die er dann versuchte zu ordnen. Was ihm von der Großmutter einen Tadel eintrug, wenn sie ihn dabei sah, weil sie immer meinte, er habe die Fäden der Troddeln verdreht. Dabei wollte er genau das Gegenteil. Aber damals vermutete man bei Kindern zunächst immer erst mal eine Frechheit oder Dummheit. Nur der Duft war der große Trost. Dieser Duft, der Herbheit und Süße vereinigte, eine Süße, die einen in den Wahnsinn treiben konnte, einen regelrechten Rausch. Über den aber nie gesprochen wurde. Obwohl ihn alle insgeheim liebten. Auch der strenge Großvater. Hartwig hatte ihn einmal überrascht, wie er einen ganzen Strauß im Garten abgeschnitten hatte, um ihn ins Wohnzimmer zu bringen, und nun saß er mit dem Strauß auf der Bank vor der Küchentür und roch daran. Immer wieder roch er daran. Als er sah, wie sein Enkel ihn anschaute, stand er wie ertappt auf und ging ins Haus.

Ein helleres Licht schien heute durch das niedrig liegende Fenster in das einfache Zimmer und auf den Nachttisch neben seinem Bett. Als er seinen Kopf ein wenig nach links drehte, sah er die Quelle des Dufts, den er so lange nicht mehr wahrgenommen hatte. Auf einem tiefschwarzen Kuvert lag ein kleiner Strauß von Nelken einer merkwürdigen dunkelroten Farbe. Es waren nicht die Nelken, die man im Blumengeschäft kaufte, sondern solche mit kleineren Blüten, eben wie sie auch seine Großmutter in ihrem Garten hatte. Hießen sie nicht Bauernnelken oder Bartnelken oder so ähnlich? Bevor er darüber nachdachte, wie der Umschlag und die Blumen dorthin gekommen waren, streckte er seinen linken Arm aus, nahm alles in die Hand und hielt es sich unter die Nase. Dieser betörende Duft! Fast schmerzte er. So dass er nun die Blumen zurücklegte und sich das schwarze Kuvert anschaute. Mit einem silbernen Stift stand „Von Nadine" darauf geschrieben.

Vorsichtig öffnete Hartwig den Umschlag, indem er einen Finger in den Spalt schob, der beim Zukleben offen geblieben war, als wollte er das Papier so wenig wie möglich beschädigen. Auf dem festen ockerfarbenen Papier sah er eine Computerschrift, die er gleich als die bizarre Lucida Console erkannte.

„Lieber Herr Hartwig, ….."

Woher kannte sie seinen Namen? Aber eigentlich war doch nichts einfacher als das. Ihre Freundin Anne war die Tochter seiner Pensionsbesitzer. Nur: Wieso redete sie ihn auf einmal mit Herr an und anschließend mit Sie, wie er beim Weiterlesen feststellte? War ein Brief eben doch etwas anderes als der persönliche Umgang, und wieso überhaupt ein Brief? Aber hinter dem ‚Herr' stand dann sein Vorname. Ein merkwürdiger, unbeholfener Kompromiss?

„Lieber Herr Hartwig,
Sie irren sich , wenn Sie meine Haarfarbe mit Kupferrot bezeichnen. Kupferrot ist eine Farbe, die etwas Metallisches, man könnte sogar sagen, Kaltes an sich hat. Das aber würde überhaupt nicht meinem Charakter und auch nicht meinen Überzeugungen entsprechen, wie Sie wohl einsehen werden, obwohl wir uns nicht sehr lange kennen. Denn mit Sicherheit kann man Ihnen nicht eine gewisse Sensibilität absprechen, was für mich überhaupt nur ein Grund war, Sie wahrzunehmen und Ihnen sogar eine gewisse Sympathie entgegenzubringen, wie ich zugeben muss. Leider ist diese geistige und seelische Sensibilität heute sowohl bei Erwachsenen als auch vor allem bei Jugendlichen meines Alters nicht allzu häufig anzutreffen. Das kann dann leicht bei meinen Freunden zu Irrtümern führen. Zum Beispiel zu dem Irrtum, ich hätte ein Faible für ältere Herren, wie für unseren Geschichtslehrer, von dem ich Ihnen schon erzählt habe, oder für Sie, nur weil ich gleich merkte, dass Sie ein aufgeschlossener Mensch sind, der sich in einer fremden Stadt nicht nur für die Restaurants und allenfalls noch die gängigen Sehenswürdigkeiten interessiert. Nein, meine Haarfarbe ist ein Purpurviolett oder auch Toskanisch Rot, und sie

weist daraufhin, dass ich durch die Oberfläche unseres Lebens hindurchschauen möchte, eine Art romantische Einstellung, wenn Sie wollen.

Und ob Sie es glauben oder nicht, am meisten teile ich diese Einstellung mit meinem Großvater, einem Menschen, der von vielen als Sonderling und sogar Menschenfeind angesehen wird. Die meiste Zeit verbringt er mit Gartenarbeit in seinem Schrebergarten vor der Stadt, wo er sich vor allem mit dem Züchten von Nelkensorten beschäftigt. Auf die Sorte, die ich diesem Brief beigefügt habe, ist er besonders stolz, oder besser müsste man sagen: sind wir besonders stolz, denn wie Sie sehen, ist darin meine Lieblingsfarbe enthalten. Im Grunde züchtet er seine Phantasien, die ihm in der Wirklichkeit fehlgeschlagen sind. So stammen die Bartnelken, die er häufig verwendet, aus Russland oder China. Mit diesen Ländern hat er immer so eine Art Paradiesvorstellung verbunden. Wenn er davon erzählt, passe ich immer gut auf, weil ich seine Worte eines Tages in einem längeren schriftstellerischen Werk verwenden werde.

Bisher habe ich ja nur kleinere Dinge verfasst, kurze Erzählungen, Gedichte und Sprüche. Wie gefallen Ihnen zum Beispiel diese beiden?
‚Die unglaublichste Erfindung des Menschen ist das Hässliche.'

und
‚Der Rausch ist die Rückkehr zur Ganzheit der Welt.'
Der letzte Spruch kam mir nach dem Besuch der Disko in den Sinn. Obwohl ich mich entschieden habe, meinen Rausch nur noch in der Dichtung, der Musik und in den Farben zu suchen. Anders als Anne und meine anderen Freunde. Die brauchen Handfesteres. Mir ist da die Gefahr, mich selbst zu verlieren, einfach zu groß.

Im Grunde hat mein Opa sich auch selbst verloren. Nicht gerade in einem Rausch. Aber ich glaube, dass er seine Kritikfähigkeit immer wieder von seinem Idealismus hat unterbuttern lassen. Und schließlich von seiner Verbitterung. Deren Opfer sind Sie dann geworden. Denken Sie nun bitte nicht, dass ich in irgendeiner Weise seine Handlung entschuldigen will. Nein, nur ein bisschen erklären. Weil er mir leid tut. Und ich ihn liebe. Und ich letztlich glaube, dass Sie sogar eine gewisse Ähnlichkeit mit ihm haben. Sonst fände ich Sie nicht sympathisch. Ach, nun hätte ich fast ganz vergessen, dass er sich bei Ihnen entschuldigen lässt. Ihnen das mitzuteilen, hat er mir ausdrücklich aufgetragen. Und das ist bei seinem Charakter etwas Außerordentliches. Und glauben Sie mir, das ist auch mit keinerlei Opportunismus verbunden. Ob Sie ihn nun anzeigen oder nicht, ist ihm zwar nicht gleichgültig. Aber er will Sie auf keinen Fall beeinflussen. Ich übrigens auch nicht. Dafür halte ich viel zu viel von Recht und Gesetz. Nur: Die menschliche Seite, die Entschuldigung, möchte ich Ihnen dringend vor Augen führen. Er ist einfach durchgedreht, weil er Sie gleich zu einem Feindbild aufgebaut hat, das mit seiner Lebensgeschichte zusammenhängt. Mit den mehrfachen Enttäuschungen seines Idealismus. Und wo er nun den Feind in eine seiner letzten Zufluchten, seine kleine Werkstatt in der alten Garage, eindringen sah, auch wenn das in Wirklichkeit gar nicht so war. Ich bitte Sie noch mal: Versuchen Sie ihn zu verstehen!

Er lädt Sie übrigens in seinen Garten ein, zum Mohnkuchenessen. Das kann man durchaus als große Ehre auffassen. Er ist nämlich weit und breit bekannt wegen seines Mohnkuchens. Ich weiß natürlich nicht, ob Sie gerne Mohnkuchen essen. Auf jeden Fall ist er heute den ganzen Morgen bis zum Nachmittag in seinem Garten. Der liegt in der Schrebergartenanlage zwischen Stadt und Elbaue und hat die Nummer 53. Er ist nicht schwer zu finden. Wenn Sie Lust haben und mir einen Gefallen tun wollen, gehen Sie doch mal vorbei! Unsere Gruppe von der Redaktion ist am Nachmittag auch da. Die kennen Sie ja zum größten Teil.

Lieber Herr Hartwig, ich lege Ihnen noch mal die Einladung ans Herz und würde mich freuen, wenn Sie sie annehmen würden. Ach, ich habe ganz vergessen, Ihnen zu versichern, wie leid mir das Ganze tut, und wie peinlich es mir ist. Und ich hoffe natürlich, dass es Ihnen mittlerweile wieder besser geht.

Nadine"

***

Zwiespältig waren die Gefühle, die Hartwig in sich verspürte. Er konnte nicht leugnen, dass ihr Ton ihm ans Herz ging. Obwohl sie am Anfang längere Zeit über sich selber gesprochen hatte, als sei gar nichts Außergewöhnliches passiert. Sogar ihre neusten Zitate hatte sie vor ihm ausgebreitet. Als wenn ihre Schreiberei das Wichtigste auf der Welt wäre. Für sie war es ja vielleicht das Wichtigste auf der Welt. Wäre es das für ihn nicht auch, wenn er so ins Schreiben vernarrt wäre? Und so begabt wie sie? Denn dass sie begabt war, hatte er nicht nur an den Sprüchen gesehen, sondern auch aus dem Munde ihres Geschichtslehrers gehört.

Und trotzdem: Was mit ihm geschehen war, spielte letztlich keine große Rolle für sie. Erst ganz zum Schluss kam sie darauf, als hätte sie es fast vergessen. Wurde sie nicht doch nur von diesem Großvater vorgeschoben, um ihn zu schonen, um eine Anzeige zu verhindern? War nicht das Ganze ein raffiniertes

Komplott, eine Seilschaft, in die ganze Familien verwickelt waren, die mit aller Gewalt verhindern wollten, dass es zu einem öffentlichen Skandal kam, dass wieder einmal der Osten negative Schlagzeilen machte?

Wie war der Brief überhaupt auf seinen Nachttisch gelangt? Ach ja, als Kranker hatte er ja einen Teil seiner Selbstständigkeit eingebüßt und damit auch das Recht, in seiner Persönlichkeitssphäre respektiert zu werden. Da durfte dann auch das Pflegepersonal einfach in sein Zimmer eindringen und ihm etwas auf den Nachttisch legen. Das passte ja ausgezeichnet zu dem Komplott, das da geschmiedet wurde. Eine relativ sanfte, aber intensive Beeinflussung von verschiedenen Seiten, eine Art Gehirnwäsche. Darin waren sie doch groß gewesen damals. Aber nicht mit ihm! Das hatte jetzt aufzuhören! Nein, nein, es musste zu einer Anzeige kommen! Wie konnte ihm das so lange fragwürdig sein? Und dem Joint von diesem Früchtchen, dieser Anne, musste er auch noch richtig auf die Spur kommen. Sehen, ob die Mutter da nicht doch eingeweiht war. Auf der anderen Seite .....

In diesem Augenblick klopfte es an die Tür. Immerhin! Wenigstens wurde angeklopft. Oder war das heute Morgen vielleicht auch geschehen? Und er hatte es nur nicht gehört.

„Ja!" rief er laut, wobei er sich gleich darauf ärgerte, über die Bereitwilligkeit, mit der er auf das Klopfen reagierte.
Die Klinke wurde heruntergedrückt, und das schicke graue Kostüm mit den Spreewaldaugen ohne Augenbrauen stand in der Tür.
„Wollen Sie im Bett frühstücken, oder soll ich im Frühstücksraum für Sie decken?" Ihre Stimme war immer noch freundlich und liebevoll, nicht mehr unbeteiligt wie am Anfang.
„Sie können für mich decken."
Dabei wusste er nicht einmal, ob er in der Lage sein würde, sich zu waschen und anzuziehen. Egal, er musste das schaffen. Diesen Zustand der Unmündigkeit musste er beenden.

***

„Ja, ich weiß, der Großvater von Nadine. Anne hat es mir gesagt. Schrecklich! Eigentlich ist er so ein netter Mann!"
Sie schüttete ihm den Tee aus der gelben Plastikkanne in das Teeglas.
Er hob den Kopf zu ihr und warf ihr einen Blick zu, in dem Wut und Empörung stand.
„Nett sah der aber überhaupt nicht aus. Ich glaube, der hasste mich von dem Moment an, in dem er mich sah."
Sie setzte sich nun ihm gegenüber an den Tisch und strich die Plastikdecke glatt, obwohl da gar nichts glatt zu streichen war.

„Warum sollte er Sie hassen? Er kannte Sie doch gar nicht."

„So ist es. Er kannte mich gar nicht. Aber er roch wohl gleich den Wessie in mir."

Nun war es, als hätte sie plötzlich doch eine Andeutung von Augenbrauen. Dann beugte sie sich vor und meinte fast fürsorglich: „Jetzt übertreiben Sie aber."

Bevor sie weiterreden konnte, unterbrach er sie:

„Ach, ich übertreibe! Da schlägt mich ein mir wildfremder Mensch zusammen, dass ich krankenhausreif zu Boden gehe, und ich übertreibe!"

„Nun beruhigen Sie sich doch! Damit Sie mich nicht missverstehen: Ich billige doch sein Verhalten in keiner Weise."

„Ach, das ist ja erstaunlich! Sie billigen es nicht! Ich dachte, Sie wären hier alle so."

Einen Moment stockte er. Da war er wirklich zu weit gegangen. Die Frau hatte ihm doch nichts getan. Im Gegenteil: Sie hatte ihn gerettet. Aber warum? Warum hatte sie ihn nach Hause, in die Pension gebracht, und nicht ins Krankenhaus?

Woher nahm sie die Kraft, ihm nun die Hand auf seinen Arm zu legen, statt unwirsch zu reagieren? Und die unangemessene Beleidigung gar nicht zu registrieren.

„Wenn Sie ein paar Minuten Geduld haben, werde ich Ihnen etwas erzählen. Wollen Sie?"

Weil er seine Heftigkeit bereute, knurrte er so etwas wie sein Einverständnis.

„Der alte Ohlig …So heißt er. Er heißt Ohlig. Der hatte als Kind einen Großvater, den er sehr verehrte. Und der war Kommunist. In der Nazizeit. Einer der wenigen, die nicht entdeckt wurden. Und so wurde sein Enkel, noch in den letzten Kriegstagen, für die Partei seines Großvaters tätig. Mit vierzehn oder fünfzehn Jahren, stellen Sie sich das vor! 44 oder 45 wurde er dann festgenommen und verhört. Manche behaupten, dass er auch gefoltert wurde. Ich weiß nicht, ob das stimmt. Wir kennen uns zwar, aber nur oberflächlich. Ich käme nie auf die Idee, ihn so etwas zu fragen. Und was ich über ihn weiß, weiß ich lediglich durch unsere Tochter. Und die weiß es von ihrer Schulfreundin Nadine. Sie arbeiten ja beide in der Schülerzeitung. Ja, und zum Schluss hatte der alte Ohlig auf jeden Fall noch Glück, weil der Krieg zu Ende war. So wurde er freigelassen, ohne in ein KZ zu gelangen. Aber trotzdem: Stellen Sie sich vor, was das damals für einen 14 oder 15jährigen bedeutete. Und danach kam ja auch noch die ganze schlimme Nachkriegszeit, mit Hunger und tausend anderen Schwierigkeiten."
Sie schaute Hartwig an und stockte:
„Vielleicht haben Sie ja selber noch ein Stück von dieser Zeit miterlebt, oder?"
Hartwig nickte stumm, und sie fuhr fort:
„Dann wissen Sie ja, wie das damals war. Auf jeden Fall retteten ihn die Ideale seines Großvaters über die schwierige Nachkriegszeit hinüber, und dann kam er auf einmal regel-

recht groß raus. Als die DDR etabliert wurde, wurde er von der Partei sehr gefördert. In seiner Umgebung munkelte man schon davon, dass er ein hohes Parteiamt bekleiden würde. Und dann begann der Rückschlag. Er war zu kritisch. Vieles gefiel ihm nicht. War ihm zu unehrlich, zu undemokratisch. Und so war seine kaum begonnene Karriere bald wieder zu Ende. Und am 17. Juni landete er sogar kurz im Gefängnis. Weil er mit opponiert hatte. Stellen Sie sich vor, was da in seinem Kopf abgelaufen sein muss! Er war ja erst 22 Jahre alt. Und nun lebte er in einem Staat, den sich sein Großvater und auch er sich immer gewünscht hatten, und immer mehr lief völlig anders, als sie sich das vorgestellt hatten. Voll Verbitterung wanderte er allmählich in eine innere Emigration. Bis er über die Kirche in Kreise geriet, die schließlich die Vereinigung 89 und den Fall der Mauer als Sieg einer neuen Freiheit feierten. Und dann erlebte er wieder neue Enttäuschungen. Die Profitgeier aus dem Westen und wieder den Verrat von Idealen. Er wurde ein erbitterter Feind von allem, was aus dem Westen kam. Nun zog er sich endgültig verbittert in seinen Garten und seine kleine Werkstatt zurück. Seine Frau war schon lange gestorben, und er pflegte keinerlei Kontakte mehr, außer zu seiner Enkelin Nadine. Die besucht ihn wohl häufig in seinem Garten vor der Stadt."

Als sie schwieg, schaute er sie eine Weile an, bis er nach einem Räuspern meinte: „Kein schönes Schicksal. Aber was hat das mit mir zu tun? Da kann er mich doch nicht einfach niederschlagen. Nur weil ihm vielleicht mein Gesicht nicht gefällt." Und –nach einer Weile: „Und warum erzählen Sie mir das alles?"
Sie zog – wie ihre Tochter- die nicht vorhandenen Augenbrauen hoch: „Ich dachte, es würde Sie interessieren." Und -nach einer Pause, in der sie ihm zögernd und forschend in die Augen schaute-: „Und vielleicht ein wenig Ihr Mitleid erregen."

Das war nun wohl genau das falsche Wort. Der Mensch, der ihn ohne Grund, ohne ausreichenden Grund, hinterrücks niedergeschlagen hatte, der sollte nun sein Mitleid erregen. Was dachten die sich hier eigentlich? War man hier im Land der ewig Benachteiligten? Hatten er und seine Familie nicht auch die Schrecken des Krieges und die grauen Jahre der Nachkriegszeit erlebt? Und deshalb kämen sie doch nicht auf die Idee, einfach einen zu Boden gehen zu lassen, der einem in die Quere kam. Und dann noch das Wort Mitleid in den Mund zu nehmen. Die steckten doch alle unter einer Decke. Und wollten ihm jetzt diese Decke überwerfen, wie ein Palliativum. Das würde er sich nicht gefallen lassen.

Zu seinem eigenen Erstaunen hörte er, wie er sie nun auf ihre Tochter hin ansprach. Scheinbar ohne Zusammenhang.

„Wissen Sie eigentlich, dass Ihre Tochter Drogen nimmt?" kam es unvermutet aus seinem Mund.

Wieder das Hochziehen der nicht vorhandenen Augenbrauen.

„Wie kommen Sie denn darauf?"

Mit der Rechten presste sie abwechselnd die Finger ihrer linken Hand.

„Als ich vor diesen Garagen am Boden lag, zog sie sich mit ihrem Freund gerade einen Joint rein."

Schlagartig verdüsterte sich ihre Miene.

„Ach, kommen Sie, das sagen Sie jetzt aus Wut über das, was passiert ist. Sie waren doch ohnmächtig. Wie wollen Sie das mitbekommen haben?"

„Sie hat mich in meinem Zimmer selber darum gebeten, sie nicht zu verraten."

„Ach, und jetzt verraten Sie sie. Das spricht aber nicht gerade von Vertrauenswürdigkeit."

„Das heißt, nun glauben Sie selber daran, dass Ihre Tochter Drogen nimmt. Oder wussten Sie es schon?"

„Sie drehen einem das Wort im Mund herum!"

Traurig und zugleich wütend stellte sie sich vor ihren Hausaltar, als suche sie Schutz bei den Lebensbäumen, deren Spanholz nun aber noch dünner wirkte als sonst, und den Osterküken, den Putten eines staubigen Sozialismus. Und Staub schien sich nun endgültig auf die Erntekränze aus Strohblumen zu legen, während der Lack der Weihnachtsmänner sich ins Lächerliche verlor. Mit der Rechten fasste sie den Riesennussknacker um seine Beine und Hartwig wusste nicht, wollte sie sich daran festhalten, oder würde sie gleich damit zuschlagen.

„Sie haben mich enttäuscht. Ich dachte, …" kam es kaum hörbar aus ihrem kleinen Mund unter den Spreewaldaugen.

„Sie dachten, ich würde vor Mitleid zerschmelzen, wenn mich einer zusammenschlägt, nur weil er ein trauriges Schicksal gehabt hat, an dem ich nicht die geringste Schuld habe. Und nun wollen Sie außerdem nicht wahrhaben, was mit Ihrer Tochter los ist. Wo leben Sie denn?"

Er stockte. Er verkniff sich eine Bemerkung über den Kitsch, an den sie sich klammerte. Das war doch auch eine Flucht vor der Wirklichkeit, die sie auch noch schön fand und die wahrscheinlich ihr Ein und Alles darstellte. Alles was er vorher über den Osten und die Ossis gehört hatte, und was er immer als Vorurteile abgetan hatte, überfiel ihn nun mit Wucht.

***

Als er seinen dunkelblauen Golf aus dem Parkplatz vor der Pension Freundschaft herauslenkte, fühlte er sich fast wieder wie zu Hause. Im ersten Moment wollte er die Kassette mit der Abbey Road von den Beatles einlegen, die er meistens in der Ablage unter dem Armaturenbrett mit sich führte, dann fiel ihm ein, dass er ja nur einen kurzen Weg vor sich hatte und sich konzentrieren musste, um den richtigen Weg sofort zu finden, den er sich vorher auf dem Stadtplan angeschaut hatte. Er war nun wild entschlossen. Trotz aller Erklärungen und Entschuldigungen durfte das nicht hingenommen werden. Das konnte doch nicht so weiter gehen. Um zu vermeiden, dass er sich in den Gassen der Altstadt verfranste, nahm er den Umweg über die Umgehungsstraße, die ihn damals so abgestoßen hatte. Damals? Sein Spaziergang zur Elbe und das Zusammentreffen mit den Leuten, die seine Empörung über die Umgehungsstraße nicht verstehen konnten, kamen ihm vor, als seien sie vor langer Zeit geschehen. Dabei war es vorgestern. Und gestern erst der Überfall. Lediglich den gestrigen Nachmittag und einen Teil des heutigen Morgens hatte er im Bett verbracht.

Jetzt rechts abbiegen in die Juristenstraße. Das ging doch schnell und praktisch. Er fing an, anders über die Umgehungsstraße zu denken. Vielleicht hatten die Leute doch Recht, und nur er in seinen romantischen Vorstellungen wollte auf Zuständen beharren, die es in seiner eigenen Gegend längst nicht mehr gab, weil sie den wachsenden Verkehrsansprüchen und auch dem eigenen Bedürfnis nach Praktischem und Bequemem nicht mehr genügten. Und hier von den Leuten im Osten verlangte er die Bewahrung eines nostalgischen Zustands, weil es ihm ein touristisches Behagen verschaffte. Warum dachte er sich nicht mehr in die Psyche dieser Leute hinein? Aber man konnte ja auch alles übertreiben. Sich in die Gefühle dieses Schlägers hineindenken. Das ging ja wohl zu weit. Das heißt, hineingedacht hatte er sich ja. Aber trotzdem konnte sein Verhalten nicht gebilligt werden. Man konnte nicht so tun, als sei nichts geschehen. Nein, nein, er musste zur Polizei. Das musste doch auch seine Enkelin einsehen. Sie war doch so für Gerechtigkeit. Wie er selber.

Kurz vor Ende des Parks auf der rechten Seite fand er eine freie Parktasche. Vor dem Aussteigen doch noch einmal kurz auf die Starttaste des Kassettenrekorders drücken, ein paar Takte Abbey Road. „Something" versetzte ihn augenblicklich in eine andere Stimmung, so dass er das Fenster herunterkurbelte und den frischen Geruch eines diesigen Aprilmorgens einatmete. Zwischen dem jungen Laub der Buchen erblickte er vage eine Sonnenscheibe, die mit fließenden Rändern den Dunst zu durchdringen versuchte.

Something in the way she moves. Er konnte sich nicht erinnern, dass einmal eine Frau, in die er sich verliebt hatte, sich auf eine besondere Art bewegt hätte. So, dass es sich ihm tief eingeprägt hätte. Kurioserweise fiel ihm lediglich Nadine ein. Ihr etwas patziger Gang in ihrem langen schwarzen Rock. Obwohl das nicht zu dem Wort „woos" passte. Hieß das nicht „werben, locken, drängen"? Also genau das Gegenteil von Nadines selbstbewusster, eher unterkühlter Art? Oder lag gerade darin ihre Art der Annäherung? Wieso aber kam ihm das alles jetzt in den Sinn, wo er doch vorhatte, ihren Großvater anzuzeigen? Trotz ihres um Verständnis werbenden Briefs. Das Wort „werbenden" in seinen eigenen Gedanken aber irritierte ihn wieder. Ob sie eigentlich immer die gleiche Kleidung trug? „Ich habe alle meine Kleidungsstücke mehrmals, was denkst du denn!" So etwa würde sie ihm antworten, wenn er sie danach fragen würde. Das stellte er sich jedenfalls so vor. Wieso stellte er sich überhaupt so etwas vor? Mein Gott, eine Schülerin, die nicht einmal zwanzig war. Du bist verrückt.

Nach dem Aussteigen erblickte er das Schild. Eine Stunde parken, aber mit Parkscheibe natürlich. Er öffnete den Wagen wieder, um die Parkscheibe zu suchen. Schon lange hatte er keine mehr benutzt. Wo steckte sie wohl? In der Ablage, in der sich tausend andere Gegenstände befanden, unter einem Wust von alten Parkscheinen, oder im Handschuhfach, das er erst ganz ausräumen müsste, um die Scheibe dort zu finden. Während er beide Stellen zu durchwühlen begann, stellte er schnell noch einmal den Rekorder an, und wieder ertönte „Something", da er vor dem Aussteigen die Kassette wieder hatte zurücklaufen lassen. Er wusste, dass er sich das Stück in nächster Zeit noch mehrmals anhören würde.

„Attracts me like no other lover", ertönte eine melodische Stimme von draußen, und in dem Spalt der geöffneten Wagentür erblickte er einen durchsichtigen schwarzen Rock, dann hinter der Scheibe die ägyptischen Augen und den Zylinder in Preußischblau. Hartwig vergaß die Parkscheibe und stieß die Tür weit auf.
„I don't want to leave her now. You know I believe in how", sangen sie nun gemeinsam und wiegten sich lächelnd in dem sanften Rhythmus, bis sie ihre Lautstärke bei „Your're asking me will my love grow, I don't know, I don't know." so sehr steigerten, dass sie sich unwillkürlich umschauten, ob sie jemand höre. Dann ließ sie ihr violett gestrichenes Fahrrad an einen Baum fallen, fasste seine Hand mit ihren langen schlanken Fingern, und sie tanzten noch die ersten Takte des nachfolgenden Maxwell' s Silver Hammer, indem sie sich mit komisch theatralischen Gesichtern anschauten.

Als Nadine ihr Fahrrad wieder an sich nahm, drückte Hartwig die Autotür zu und ging neben dem Mädchen in seiner Gothic-Kleidung in den Park, in dem in diesem Moment eine Amsel in einem Baumwipfel ihren Frühlingstriumph entfaltete.

„Das ist also unser Lieblings-Song. Wer hätte das gedacht!" Sie schaute ihn nun spitzbübisch von der Seite an.

Das Wort „unser" ließ ihn erstaunt und fast ungläubig zurück. Auf der anderen Seite: Sie hatten miteinander getanzt, auf offener Straße, als wäre es das Selbstverständlichste von der Welt. Manchmal, vor allem, wenn er schlechte Laune oder Erschöpfung loswerden wollte, tanzte er zu dieser Musik zu Hause in seinem Wohnzimmer auf dem Teppich. Ganz alleine. Dann erinnerte er sich daran, dass er seine Frau, als sie noch verheiratet waren, meist vergeblich dazu animiert hatte, sich mit ihm spontan in einem Tänzchen in die Aufbruchstimmung von Liverpool in den 60er Jahren zu versetzen.

„Für mich Arznei und Droge" hörte er sich sagen.
„Für mich ein Aufputschmittel beim Schreiben."
„Wenn du deine Sprüche kreierst."
„Und meine Gedichte."
„Du schreibst auch Gedichte?"

„Was denkst du denn? Und Erzählungen."
„Früh übt sich, …."
„So ist es. Und du?"
„Bei mir ist es bei den frühen Übungen geblieben."
„Ich dachte mir schon so was."
„Ah, also auch noch Psychologin."
„Sonst kann man nicht schreiben. Was hast du denn früher geschrieben?"
Er deutete mit dem Finger in den Buchenwipfel, aus dem die Amselstimme tönte.
„Lass mal hören!"

Er schaute sie an und zitierte nachdenklich, manchmal stockend:
„du bist auch öl und teer und straßenbahn
begleiter der alltäglichkeit
pullover rau schnell angetan
und sorgenstirnen vor der zeit
nur flüchtig abschiedskuss
der noch nach kaffee riecht
und schon nach herbem muss
die nächste schicht
und nach der nachtschicht gliederschwere
und statt begehren nur noch leere

doch wirklich bist du erdiges frohlocken
das der scholle schwerem lehm entfloh
und nach kurzem atemstocken
in des wipfels höchster spitze froh
sein unablässig lied entfaltet
tiefes kollern im triumphe
unablässig jubelnd waltet

und abwirft alles trübe dumpfe
hinauf zu fernen himmelsblauen
wolkenbergen lichterauen"

„Welchen Titel hat das Gedicht?"
„Amsel."
„Dachte ich mir. Im zweiten Teil ein bisschen altmodisch, aber sehr romantisch. Hast du mal in der Fabrik gearbeitet?"
„Als Werkstudent in den Semesterferien."
„Was hast du eigentlich studiert?"
„Was ich eigentlich nicht wollte."
„Und was wolltest du studieren?"
„Das wusste ich ja nicht. Vielleicht gar nicht studieren. Eigentlich wollte ich nur schreiben."
„Und dann hast du Verrat begangen."
„Wie kannst du das alles wissen?"
„Ich habe eine feine Nase."
„Das sehe ich."
Als sie seinen Blick auf ihr Gesicht gerichtet sah, zog sie eine Grimasse und meinte:
„Jaja, ich weiß, eher lang als fein. Das wolltest du doch sagen, oder?"
„Woher hast du in deinem kindlichen Alter diese enorme Erfahrung mit Menschen?"
„Genau hinschauen. Auch in meinem kindlichen Alter kann man schon genau hinschauen, wenn man sich Mühe gibt. Und danach darüber nachdenken, was man gesehen hat. Und dann aufschreiben. Immer wieder aufschreiben."

„So ist es." Hartwig gab einen Seufzer von sich, dem man entnehmen konnte, dass er all das kannte und –vermisste.

Auf dem Parkweg, der zu dem parallel verlief, auf dem das ungleiche Paar sich in Richtung Schlosskirche bewegte, kamen ihnen plötzlich in hohem Tempo zwei jugendliche Radfahrer entgegen. Auf ihrer Höhe klingelte der eine wie verrückt, der andere betätigte eine quäkende Hupe. Sie rufen etwas in aggressivem Ton. Kam da nicht wieder das Wort „alter Sack" vor? Hartwig spürte eine Mischung von Empörung, Ärger und Ertapptsein in sich aufsteigen. Gleichzeitig wuchs wieder ein Anflug von Misstrauen. Wieder die Angst vor einem Komplott, in das womöglich auch Nadine verstrickt wäre. Ihre ganze Zuwendung nichts als Theater? Wäre ja auch kein Wunder, wenn man ihren Altersunterschied bedenken würde, und wie fremd sie sich eigentlich waren. Theater, um ihren Großvater und den Ruf der Stadt zu schützen.

„Wieso könnt ihr eigentlich um diese Uhrzeit unterwegs sein? Müsstest ihr nicht im Unterricht sitzen?"
„Dieser Blick lässt dich rapide altern", kam es aus ihrem kleinen roten Mund. Toskanisch rot? Oder vielleicht Toskanisch rosa? Egal. Will sie meinen kritischen Verstand ausschalten? Pass auf! Nimm dich in Acht!

„Beantworte doch mal meine Frage!" Kaum hatte er diesen Satz ausgesprochen, bereute er ihn.
„Jawohl, Herr Studienrat." Ihre schrägen Augen wurden noch schräger und ihre Mundwinkel verzogen sich in Richtung Verächtlichkeit.
„Aber sicher haben Sie vergessen, dass wir eine Schülerzeitungs-Ag haben, und dass die sich nach langen Kämpfen eine gewisse Freiheit erkämpft hat. Sie müssten doch noch wissen, dass wir die offizielle Erlaubnis haben, uns während der Ag-Stunden auch außerhalb des Schulgeländes aufzuhalten, wenn es Recherchen oder geplante Interviews erforderlich machen. Wie zum Beispiel heute unsere Vorbereitungen für einen Artikel über die Fahrradwege in unserer Stadt.
Zufrieden?" fügte ein nun zum Schmollen verzogener Mund hinzu.
„Und diese Typen da ….?" rief Hartwig plötzlich.
Er hatte sich umgedreht und wollte auf die beiden Radfahrer zeigen, als ihn etwas erstarren ließ.
„Was ist denn da los? Machen die sich an meinem Auto zu schaffen?"

Nachdem er in heftigem Laufschritt an seinem blauen Golf angelangt war, sah er die beiden Radfahrer, einen mit Zopf und einen Kahlköpfigen, nur noch um die nächste Straßenecke biegen. Gleichzeitig erblickte er, was er fast erwartet hatte. Sein rechter Vorderreifen war vollkommen platt. Und damit nicht genug. Beim genauen Hinschauen stellte sich heraus, dass der Reifen durchstochen war, mit langen Schnitten. Das war ja nun der absolute Gipfel. In welchem Land lebte er eigentlich? Und das gleich gegenüber der Polizeiwache! Das würde ja ein Aufwaschen geben. Als ihn eine schlanke leichte Hand an der Schulter berührte, riss er sich wütend los.

Er hatte schon einen Fuß auf die Straße gesetzt, um sie zu überqueren, als sein Handy klingelte.

Lange Jahre hatte er sich gegen die Anschaffung eines Handys gesträubt. Immer erreichbar sein. Widerlich. Und das hatte er ja auch nicht nötig. Der Anrufbeantworter zu Hause reichte ihm schon. Gut, wenn er einmal eine Reise nach Australien unternehmen sollte, da wäre ein Handy für Notfälle vielleicht anzuraten. Auf der anderen Seite hatte er gehört, dort sei Handyempfang in vielen einsamen Gegenden gar nicht möglich. Was sollte es also? Erst in der Zeit, in der sein Sohn erkrankte, ließ er sich von diesem überzeugen. So dass er stets über die neusten Entwicklungen von dessen Krankheit informiert war. Das bereute er auch nicht. Und nun war sein Sohn auch fast der einzige, der seine Handynummer kannte. Wenn er also jetzt angerufen wurde, konnte das eigentlich nur Armin sein.

Und es musste sich um etwas Wichtiges handeln, wahrscheinlich nicht sehr Angenehmes.

Es war Armin. Er wollte seinen versprochenen Besuch bei seinem Vater absagen. Warum? Stockend berichtete er Hartwig, dass seine Beziehung zu Gisela gerade in die Brüche gegangen sei. Gott sei Dank, dachte Hartwig. Als hätte Armin seine Gedanken gehört, fing er an, seinen Vater zu beschuldigen. Er habe ja Gisela nie gemocht.
„Ich muss sie nicht mögen. Das ist alleine deine Angelegenheit." Während er das ins Telefon sprach, sah er, dass Nadine neben ihm stand und zuhörte.

Plötzlich schrie sie auf: „Was ist denn mit deinem Auto?"
„Welche Frauenstimme war denn da neben dir zu hören?" fragte ihn sein Sohn.
„Frauenstimme? Ich bin hier noch in Wittenberg", stammelte Hartwig unzusammenhängend.
Und dann setzte er noch eins drauf mit der Bemerkung: „Sie ist von der Schülerzeitung des Gymnasiums."
Wer weiß, was Armin daraus konstruierte. Vielleicht hatte er auch aus dem Tonfall seines Vaters etwas entnommen, was diesem selber nicht bewusst war.
Seine Stimme verriet Wut und Tadel, als er seinen Vater fragte, ob er sich jetzt schon an Minderjährige heranmachte.

„Hör mal, jetzt wirst du aber unverschämt. Ich ruf dich später nochmal an und erkläre dir alles."

In seiner Verwirrung hatte er gar nicht gefragt, was sich denn genau mit Gisela abgespielt hatte. Als Armin verärgert auflegte, hatte er das Gefühl, er habe wieder mal eine Gelegenheit verpasst, mit seinem Sohn ein wichtiges Gespräch über menschliche Angelegenheiten zu führen. Und über ihre Beziehung zueinander. Aber Armins Einmischung in sein Privatleben war ja auch wieder eine Gipfelleistung. Immer mischte er sich ein, wenn Hartwig eine Frau kennenlernte. Dabei Nadine. Das war doch gar keine Frau. Ein Mädchen. Er spürte, wie ein Gefühl des Trotzes in ihm hochstieg. Sein Sohn konnte doch nicht bestimmen, welche weiblichen Personen er kennenlernte, und wie alt sie sein durften. Hatte er noch einen Moment vorher dazu geneigt, alle Beziehungen zu dieser Nadine und ihrer Clique endgültig zu kappen, so trieb ihn nun die kurze Reaktion seines Sohns zum genauen Gegenteil.

Er wunderte sich selber ein wenig, dass er sich Nadine zuwandte und ihr erklärte, was sein Sohn ihm mitgeteilt hatte. Ob sie etwas davon mitbekommen hatte, dass sie über ihre Person gesprochen hatten, wusste er nicht. Und einen Moment lang hatte er auch vergessen, warum er zu seinem Auto geeilt war, und

dass Nadine ihn nach dem Zustand desselben gefragt hatte.
Nun wies sie mit zusammengezogenen Brauen stumm auf den zerschlitzten Reifen.
„Deine Freunde." Er sah sie an mit ernsten Augen, als habe sie diese Tat zu verantworten. Gleichzeitig stellte er zu seinem eigenen Erstaunen fest, dass ihm das gar nicht mehr so wichtig war. Als er vorher an seinem Wagen ankam, bewegte ihn noch der Impuls, die Straße zu überqueren und zu der geplanten Anzeige gegen Nadines Großvater die Anzeige wegen Sachbeschädigung hinzuzufügen. Nun malte er sich die Gesichter der Polizisten aus. Ein Wessie, dem sie vielleicht insgeheim gönnten, was ihm passiert war. Was hatte er auch in der Garagenanlage verloren? Würden sie nicht darauf kommen, dass die Motive der Jugendlichen etwas mit Eifersucht zu tun hatten. Und wenn das so war, wie hatte er sich selber vorher verhalten, dass es zu dieser Eifersucht kommen konnte? Nun war ihm der Gedanke an das Gespräch über die Anzeige auf einmal unangenehm. Mehr noch trieb ihn aber das Bedürfnis, mit diesem Mädchen zu reden. Über Dichtung und Poesie, über seine eigene Vergangenheit.

„Ich fass' es nicht." Sie schüttelte den Kopf. „Aber die werde ich mir vorknöpfen. Denen wird Hören und Sehen vergehen."
„Du wirst sie dir vorknöpfen?" Hartwig schaute sie an, als habe ein Kleinkind eine wüste Dro-

hung ausgesprochen. „Wie willst du das denn machen?"
„Der Schaden wird noch heute wiedergutgemacht. Gleich nach dem Besuch bei meinem Großvater werde ich in die Werkstatt von Marcels Vater fahren. Er hat nämlich eine Autowerkstatt. Und er wird –aus Angst vor einer Anzeige- sofort handeln. Und die Abreibung, die die beiden dafür einstecken werden, werden sie mir so bald nicht vergessen. Aber das muss einfach sein. Die haben ja wohl ein Rad locker."

Hartwig wunderte sich, dass sie einerseits so entschlossen war, es andererseits aber nicht eilig hatte. Den Plan, ihren Großvater zu besuchen, gab sie deshalb nicht auf. Welch eine Kombination von Entschiedenheit und Einfühlsamkeit! Er bewunderte sie.

Und weil er sie so bewunderte, folgte er ihr wie selbstverständlich, als sie mit ihrem violetten Fahrrad den Weg auf dem Pfad durch den Park Richtung Schlosskirche wieder aufnahm.

„Hast du eigentlich auf mich gewartet, als ich meinen Wagen vor der Polizeiwache abstellte?" fragte er sie auf einmal.
„Annes Mutter rief mich an und sagte mir, wie verärgert du warst, und dass du vorhattest, eine Anzeige zu machen. Da wollte ich einen letzten Versuch unternehmen, dich davon abzubringen."

Hartwig streckte sich und atmete tief durch.
„Das hast du ja jetzt in doppelter Hinsicht geschafft." Er warf ihr einen langen Blick zu.
„Zumindest vorläufig", setzte er hinzu.

Zauberhaft war der Anblick einer grünen Bank, hinter der sich eine Purpurmagnolie vor einem blühenden Kirschbaum erhob. Wie selbstverständlich setzten sich beide darauf. Von rechts wehte der süße Duft einer Sternmagnolie her.
„Schau mal auf den Teich! Da links. Fällt dir was auf?"
„Ein gründelnder Karpfen. Ich sehe es."

Die gelockten Schlangen in Toskanarot umwirbelten ihn, und er spürte einen Kuss inmitten des Geruchs von Bauernnelken auf seinem Mund.
„Die Probe hat noch keiner bestanden, außer dir", rief sie, und es schien, als überzöge nun doch ein leichtes Rosa ihr Gesicht.
„Die Probe?"
„Das ist meine Lieblingsstelle in diesem Park. Und ich komme oft hierher, weil mich das Verhalten des Karpfens fasziniert. Du hast Recht. er gründelt. Und nun lass mal sehen, ob du den zweiten Teil der Probe auch bestehst! An was erinnert dich seine Schwanzspitze?"
„An einen Schmetterling."
„Mit wedelnder Spitze des Schwanzes
ein trüber Gefährte des Falters.

Eigentlich hättest du jetzt noch einen Kuss verdient."

Sie schwiegen ein paar Minuten.
Als die Amsel wieder ihre lockende Stimme erhob, fragte sie ihn: „Warst du damals schon verheiratet, als du das Amselgedicht geschrieben hast?"
„Ich hatte eine Freundin, mit der ich zusammenlebte. Eine Zeitlang."
„Und dann?"
„Sie war Verkäuferin. In einem Schuhgeschäft. Aber ich habe nie wieder einen Menschen getroffen, der so viel für Poesie übrig hatte."
„Und was ist aus ihr geworden?"
„Ich habe sie verlassen. Während ich studierte."
„Du Schuft!"
„Meine Eltern und meine Freunde redeten mir ein, sie sei nicht intellektuell genug für mich. Ausgerechnet meine Eltern. Die selber nur Arbeiter waren. Aber ehrgeizig. Für mich zumindest. Für meine Zukunft." Und -nach einer Pause: „Heute lebt sie in Kanada. Mit ihrem Mann und ihren Kindern. Zumindest war das vor zehn Jahren so. Damals erfuhr ich zum letzten Mal etwas von ihr."
„Das mit dem Schuft musst du nicht so ernst nehmen. Du kennst ja meine Anschauungen, was Schuld angeht. Aber ein großer Fehler scheint mir das schon gewesen zu sein. Oder wie siehst du das?"

„Heute sehe ich das auch so. Aber man ist immer so, wie man ist. Auch Hilde war so, wie sie war. Praktisch, effektiv, unpoetisch. Und das musste schiefgehen."
„Was war sie von Beruf?"
„Juristin, wie ich. Wir lernten uns während des Studiums kennen."
„Du bist Jurist? Darauf wäre ich nie gekommen."
„Bei der Stadtverwaltung. Heute, kurz vor der Pensionierung, weiß ich selber schon nicht mehr, wie ich das so lange aushalten konnte."

Wieder schwiegen sie eine Zeitlang. Schauten auf den Teich, wie er an einigen Stellen Blasen hauchte, die sich in goldene Kreise verwandelten. Verfolgten die Bugwellen der Enten, in denen Lichter aufleuchteten, bis sie in Ruhe verschwanden. Und die Schwäne, die groß ihre Bahn zogen.
Als Hartwig entdeckte, dass der Stamm der Purpurmagnolie ganz mit Efeu bedeckt war, spürte er, dass sich ein Arm in einem schwarzen Pulloverärmel um seine Schulter legte.

Der Plan, zur Polizei zu gehen, lag im Moment weit von ihm entfernt. Obwohl er sich nicht endgültig entschieden hatte. Er wusste auch noch nicht, ob er den Großvater in seinem Garten besuchen sollte. Waren sie nicht schon auf dem Weg dorthin? Zwischen den Bäumen ragte der Turm der Schlosskirche auf, neben dem zierlichen Dachreiter massig wirkend, in seinem oberen Teil verdickt wie die Eichel beim männlichen Glied. Merkwürdig, dass er diesen Gedanken gleich als ungehörig verscheuchte, im selben Augenblick, als er auftauchte. Merkwürdig auch, dass er bisher keinerlei sexuelle Regung bei den Begegnungen mit Nadine verspürt hatte, obwohl sie ihn anrührte, sehr anrührte, bis ins Tiefste in seine Gefühle drang. Will my love grow? I don't know. I don't know.

„Warum machen die eigentlich so was?"
„Eifersucht. Bei Christian. Und Rache. Bei Marcel."
Er hatte gar nicht ihre Namen genannt. Und trotzdem wusste sie gleich, an was und an wen er dachte. Als wären sie kommunizierende Röhren. Oder ein uraltes Ehepaar.
„Annes Mutter hat mir von deinem Petzen erzählt. Das hätte ja auch nicht unbedingt sein müssen. Die sind doch alt genug. Aber du warst sauer, stimmt es?"
„Kann sein. Vielleicht dachte ich aber auch, eine Mutter müsste so was wissen."
„Sie hatte es geahnt. Aber nicht richtig gewusst."
„Und wieso wusste Marcel nun schon davon?"
Sie lachte.
„Wir leben im Zeitalter des Handys. Du wohl noch nicht so ganz."
„Hör mal, willst du damit sagen, dass ich ein alter Sack bin?"

In diesem Moment ertönte wieder das Lied der Amsel mit seinem rauen Charme.
Nadine fing an, die Melodie von „Blackbird, singing in the dead of night" zu singen, mit ihrer samtenen Altstimme. Hartwig schaute sie von der Seite her an und sang mit. Dabei legte er vorsichtig seinen Arm auf ihren preußischblauen Jackenärmel mit dem blaugrauen Muster, das geheimnisvolle unverständliche Symbole zeigte. Die Jacke war nicht schwarz, wie er zuerst gemeint hatte, und die Symbole nicht weiß, wie sie ihm früher vorgekommen waren. Alles eine Sache des genaueren Hinschauens. Die Bedeutung der Symbole blieb ihm aber weiterhin verborgen.

Mord am Bahnhof

Von der Pestkapelle aus dem Dreißigjährigen Krieg mit ihren beiden weithin sichtbaren schlanken Pappeln sahen sie unter sich die saftiggrüne Wiese, die schräg nach unten zu der Serpentinenstraße im Wald führte. Auf der Wiese waren sie erstaunt über die zahlreichen frisch aufgeworfenen Maulwurfshügel, die man von weitem nicht sah. Die ganze Wiese war durchlöchert. Die grüne Pracht bei näherem Hinsehen nur Schein! Hinter dem letzten Haus des Weilers führte sie ein Weg in den Buchenwald hinein. Hier umfing sie das, was sie suchten, Stille und eine Natur, wie sie vor Jahrhunderten kaum anders ausgesehen haben mochte.

Nur hinter sich hörten sie, halb im Unterbewussten, eine unsympathische quakende Stimme aus dem letzten Haus:
„Wo bleiben sie denn? Jetzt müssten wir doch langsam mal was hören."
Verwandte, Bekannte, die zu irgendetwas unterwegs waren? Zum Einkaufen? Kinder vielleicht, die nicht pünktlich waren?

Dann umfing sie der Herbstgeruch des Waldes, der Geruch nach nassem, faulenden Laub und Matsch im gedämpften Licht, dann eine Stinkmorchel, der Ruf einer krächzenden Krähe, das saftige Grün von Moospolstern und die wohltuende Bewegung des Ausschreitens. Auf dem Weg Haufen von Eicheln und Bucheckern. Als sie nach einiger Zeit aus dem Wald heraustraten auf eine Wiese, kam die Sonne hinter den Wolken hervor und ließ die Herbstfarben goldbunt aufleuchten. Rechts wurde eine riesige Wiese von einer bewaldeten Kuppe bekrönt, um die der Weg herumführte. Dabei hatten sie auf geringer Höhe einen erstaunlichen Panoramablick: Eifelberge graublau, davor die markanten Spitzen des Siebengebirges und die Rheinebene, hinter der die vier Quellwolkentürme der Braunkohlenkraftwerke wie aus überdimensionalen Lokomotiven aufstiegen. Man konnte sie aber auch für Gewitterwolken über der Karibik halten. Im Norden dann die Türme von Wermelskirchen, weit davor die Ortschaft Linde mit ihrem spitzen Kirchturm, die wenigen Häuser von Breidenbach mit seinem dunklen Burggebäude und seiner Pestkapelle und das breit hingelagerte Lindlar mit seinen beiden Kirchen und den oberhalb liegenden Steinbrüchen. Nur auf zwei, drei Höhen verlor die Landschaft ihre scheinbare Unberührtheit durch Handytürme.

Wie vor ihnen aufgefaltet lag die Landschaft da, ein endloses Aneinander von grünen Wiesen und bunten Wäldern. Warum fanden sie das schön? Sie merkten, dass sie einerseits Teil sein wollten von dieser Endlosigkeit, andererseits aber auch ihre Herren oder zumindest Betrachter. Stellte das Nomadenleben das eigentliche menschliche Leben dar, mit immer wechselnden Blicken? Schließlich waren die Menschen im Laufe ihrer Entwicklung die meiste Zeit Nomaden gewesen. Tief atmeten sie die frische Luft ein, genossen die Sonnenstrahlen auf ihren Körpern und vergaßen die Sorgen, die sie in der letzten Zeit geplagt hatten, die Sorgen um Kinder, Arbeit und die eigene Beziehung zueinander.

Dann führte der Weg wieder bergab, über weite Wiesen, durch einen engen Weiler, an einer weiteren Pestkapelle vorbei, schräg hinunter wieder in Richtung Wald.

Eine Weide mit Schafen fand ihre Fortsetzung im Wald. Mittelalterlich wirkte der dadurch.
„Aber fressen Schafe denn auch Eicheln?" meinte Monika.
„Sieht so aus. Ich weiß es aber nicht. Auf jeden Fall scheint hier jemand die alte Tradition, den Wald als Weide zu benutzen, wieder aufleben lassen zu wollen."
„Ja, merkwürdig."
Dann folgte ein Stück langweiliger gleichförmiger Fichtenwald. Licht war nur noch spärlich

vorhanden. Der Weg wurde matschiger, und es roch kaltfeucht.

Er musste jetzt wieder an die Firma denken. Die Arbeit wurde merkwürdigerweise nicht weniger, obwohl ein wichtiger Kunde gerade verstorben und ein anderer in Konkurs gegangen war. Was hatte sein Freund es doch gut! Der war jetzt seit einem Jahr in Pension und freute sich offensichtlich seines Lebens. Gut, er selber war ja zehn Jahre jünger. Aber ob er in zehn Jahren noch bei gleichen Bedingungen in Rente gehen könnte?
Es ging ja auf vielen Ebenen bergab. Schlecht ging es ihnen zwar nicht, aber man musste sich schon Sorgen machen. Und Monika mit ihren vielen Krankheiten oder Wehwehchen. Jetzt hatte sie auch noch diese schmerzhafte Sehnenscheidenentzündung bekommen, die sie manchmal doch sehr in ihrer Arbeitskraft beeinträchtigte. Immerhin war sie es, die ihn immer wieder dazu brachte, sich zu solchen Wanderungen aufzuraffen. Er wusste ja, wie gut die ihnen beiden taten.

„Schau dir die wunderbare Lage dieses Hofs an! Sollen wir uns nicht auch so etwas zulegen?" rief sie ihm zu und zeigte auf ein Fachwerkgehöft, das vor ihnen auf einer Wiese am Waldrand lag. Naja, die Lage war ja schön, auf einer Art erhöhten Terrasse oberhalb des Flusstals, auf der einen Seite von einem tief eingeschnittenen Siefen, auf der anderen von weiten Wiesen begrenzt. Und unterhalb lag die unbenutzte Bahntrasse mit säuberlich geschnittenem Rasen. Alles sah sehr sauber aus. Aber zu sehr modernisiert. Die Fenster waren größer, als sie ursprünglich gewesen waren, als sie in den Proportionen noch den Proportionen der Wände entsprachen. Die zwei Linden vor der Haustür waren bis auf zwei Stümpfe, die von Töpfen mit Tagetesblumen geschmückt waren, gekürzt. Anstelle des halbrunden Türsteins zierte langweiliges Verbundpflaster den Boden vor dem Eingang. Und dann die hässliche Satellitenschüssel und die überdimensionierte Zufahrt mit ihren Laternen!

Nach der Karte führte die Bahntrasse wenig später über den Viadukt auf die andere Talseite. Ob man da aber wirklich gehen konnte, und vor allem – durfte? War das nicht Privatgrund?
„Ich klingle mal und frage," meinte Wolfgang zu seiner Frau. Obwohl er Radio zu hören meinte und ein Auto vor der Tür stand, öffnete niemand.
„Komisch, die gehen doch hier nicht zu Fuß irgendwohin."
„Wieso, wir gehen doch auch zu Fuß."
„Das ist doch was anderes. Wir wandern. Aber die wohnen hier."

Auf einmal beschlich ihn ein merkwürdiges Gefühl. Hier stimmt irgendwas nicht. Ein Unglück? Oder ein Verbrechen. Er musste immer mehr an ein Verbrechen denken, obwohl er doch gar keinen Anhaltspunkt dafür hatte. Oder war das nur seine leicht depressive Stimmung, in der er sich schon mehrere Tage, wenn nicht Wochen befand? Vielleicht auch eine gewisse Langeweile, die ihn oft bei solchen Wanderungen befiel, zu denen er ja eigentlich gar keine Lust hatte. Vielleicht musste diese Langeweile Gedanken an Verbrechen produzieren, damit sein Leben wieder etwas Farbe erhielt?

Es war ja nicht nur seine Steuerberatungspraxis, die ihm Sorgen bereitete. Mit Monika verstand er sich zwar gut, und sie waren eigentlich ein perfektes Team, aber im Bett klappte es seit längerer Zeit auch nicht mehr so richtig, weder bei ihm noch bei ihr. Oder war das auch nur durch die Sorgen um den Betrieb bedingt? Hinzu kamen ja auch noch die Sorgen um ihre Kinder. Aber was hieß schon Kinder? Sie waren ja alle drei schon über zwanzig. Aber Sorgen machte man sich ja doch. Der Älteste hatte zwar jetzt endlich eine Stelle, doch so sicher war sein Pianistenjob ja auch nicht. Und dann die Scheidung des zweiten Sohns! Klar, die Entscheidung war richtig gewesen. Aber er litt ja doch darunter. Und die Tochter mit ihren drei Kindern? Ihr Mann verdiente zwar gut, aber sicher war seine Stelle auf die Dauer auch nicht. Aber was war heute schon sicher! Vielleicht stimmte es ja

wirklich, was sein Schwieger-sohn vor kurzem zu ihm gesagt hatte:
"Ihr hattet es doch früher gut. Ihr fingt zwar klein an, aber es ging immer nur aufwärts."
Damals hatte er sich etwas über diese Bemerkung geärgert, weil sie ihm ungerecht erschien. Diese jungen Leute konnten sich doch Dinge leisten, an die er als junger Mann im Traum nicht denken konnte. Nun aber merkte er selber, was es für ein Gefühl war, wenn es nicht mehr aufwärts ging, oder wenn es sogar abwärts zu gehen drohte. Aber vor allem: dieses Gefühl der Unsicherheit! Oder bildete er sich das alles nur ein? Wenn er richtig überlegte: Abstriche hatten sie an ihrem Lebensstandard bisher noch nicht zu machen brauchen. Demnächst würden sie ja wieder eine Fernreise unternehmen, nach Thailand dieses Mal. Vier Wochen lang. Also ging es ihnen doch nicht schlecht. Auf der anderen Seite: Er freute sich gar nicht so richtig auf diese Reise. Oder wurden sie einfach langsam alt?

Während er noch grübelte, machte die Trasse eine leichte Biegung nach rechts, und nach einem verrottenden Signalmast mit seinem komplizierten Gestänge und seinen verrosteten Gewichten erblickten sie den Beginn des Viadukts. Sie beugten sich über das Geländer, und fast wäre ihm schwindlig geworden, als er die Höhe des Viadukts über Straße und Fluss feststellte. Nur ein wenig mehr nach vorne gebeugt, und alles wäre vorbei. Die

Sorgen um den Betrieb, der Kummer mit den Kindern, die trostlosen Abende. Aber es könnte ja auch alles mit einer endlosen quälenden Krankheit enden. Ach, Blödsinn, was er sich da zusammendachte!

Auf der anderen Talseite lagen noch die Schienen auf der Trasse. Zwischen ihnen wuchsen junge Haselnuss- und Birkenschößlinge. Manchmal ragte ein morscher Ast quer über die Geleise. Die Schwellen trugen an den Enden dichte Kappen aus Moos. Nach einigen weiteren verrosteten Signalanlagen erschien hinter Gebüsch der verlassene Bahnhof, Fachwerkgebäude mit Schieferdächern und davor die malerische Dampflok mit Kohlenwagen, die noch in den 6oer Jahren die Strecke befahren hatte, wie eine Tafel vor dem Eingang zum Bahnhofsgelände erklärte. Ein Stück Industriegeschichte, das jetzt in seiner Verlassenheit recht romantisch wirkte, weil es eingebettet war in Wald und Gebüsch, die die Geleise an vielen Stellen schon vollkommen überwuchert hatten.

Ihm schoss durch den Sinn, dass die Fürsten in der Barockzeit und später sich extra Ruinen in ihre weitläufigen Gartenanlagen setzen ließen. Hatten die damals schon ein Gefühl für Nostalgie, oder haftete dieser Einheit von Menschenwerk und Natur einfach eine besondere Ästhetik an? Eine besondere Ästhetik besaß auf jeden Fall die Technik der damaligen Zeit. Sogar die gusseisernen Geländer auf der Brückentrasse wiesen noch Verzierungen auf, wie ja viele Fabrikgebäude von damals romanische, gotische oder barocke Stilelemente in Backstein oder Stahlbeton aufwiesen. War das heute nicht abhanden gekommen? Oder dachte man damals nur so, weil man der Gegenwart entfliehen wollte? So eine Art Eskapismus. Also eigentlich krankhaft. Vielleicht auch auf so was wie Depression zurückzuführen. Oder kann diese Haltung Depressionen erst richtig fördern? Vielleicht zeigte sich in dem Eskapismus im Grunde eine Art Todessehnsucht wie in der Kunst der Romantik? Auf den Gemälden von Caspar David Friedrich war das ja ganz deutlich zu sehen. Diese blattlosen knorrigen Bäume, diese einsamen Mondlicht- Landschaften.

„Sollen wir nicht mal klingeln? Vielleicht ist ja jemand da, der uns eine Führung machen kann," riss ihn seine Frau aus seinen Gedanken. Kaum hatte sie das ausgesprochen, als hinter zwei mächtigen Buchen zwei schwarz gekleidete Männer hervortraten und sie ansprachen:
„Es gibt keine Führungen mehr. Der Alte ist jetzt tot. Und sein Sohn hat kein Interesse mehr an Führungen."
Es waren zwei Motorradfahrer, deren schwere Maschinen unter den Buchen sie übersehen hatten, weil ihre Aufmerksamkeit nur auf das nostalgische Bahnhofensemble gerichtet war.

„Ja, wenn ich tot wäre, hätte ich da auch kein Interesse mehr dran", meinte Wolfgang. „Ist ja schon blöde, dass man dann an nichts mehr Interesse hat. Ich glaube, ich überlege mir das doch nochmal mit dem Sterben, " versuchte Wolfgang zu witzeln. Etwas gezwungen lachten die Motorradfahrer mit ihm.

Als sie weitergingen und Bahnhof und Motorradfahrer in ihrem Rücken lagen, tadelte Monika ihn:
„Du hast mal wieder gar nicht zugehört. Nicht der Tote hat doch kein Interesse, sondern sein Sohn, haben die gesagt. Wo bist du wieder mit deinen Gedanken?"
„Die zwei Motorradfahrer kommen mir sehr merkwürdig vor. Unsympathische Gesichter. Sie warteten offensichtlich darauf, dass wir verschwänden. Und was suchten die eigentlich da?"
„Ach, du spinnst. Womöglich legst du dir schon wieder einen Krimi im Geiste zurecht."

Als sie die Talstraße überquert hatten, passierten sie eine einfache Schenke neben einem ehemaligen Mühlengebäude.
Der hier breit und langsam fließende Mühlenbach wurde jetzt an Wochenenden von einem Anglerverein benutzt, wie aus einem Schild neben dem verfallenen Gebäude hervorging.
Vor der Schenke fegte die Wirtin in weißer Schürze den Vorgarten von Blättern leer.
„Ach, die öffnen erst am Nachmittag. Sonst

hätte ich jetzt gerne ein Glas Bier getrunken", äußerte Monika leise.

„Ein Glas Bier können Sie jetzt auch haben", antwortete die Wirtin, die sie doch gehört hatte. So nahmen sie an einem der wenigen gescheuerten Tische Platz und ließen sich ihre Gläser auf den Tisch stellen. Als sie der Wirtin von ihrer Wanderroute erzählten und auf den hässlich modernisierten Brückenhof vor dem Viadukt zu sprechen kamen, hakte diese ein und meinte:

„Ja, da gibt es auch schon Auseinandersetzungen mit den Nachbarn. Vor allem mit denen von Obermühlen. Das ist ein Bauernhof gleich oberhalb von hier. Das heißt, Bauernhof ist er heute nur noch zum Teil. Die Alten betreiben noch ein bisschen Landwirtschaft. Aber die jungen Leute haben eine Firma für Computersoftware in dem Haus nebenan. Sie legen aber großen Wert darauf, dass in ihrem Weiler und auch in der ganzen Gegend hier alles äußerlich so bleibt, wie es einmal war. Und der Makler im Brückenhof will alles umkrempeln. Man munkelt sogar, dass er hier einen Golfplatz bauen lassen will. Auf jeden Fall hat er schon mehrere Häuser und Grundstücke in der Flussaue und an den Hängen aufgekauft. Die in Obermühlen hassen ihn regelrecht."

„Und Sie, hassen Sie ihn auch?" fragte Wolfgang.

„Ach, wissen Sie, geliebt wird er in der ganzen Gegend von niemandem. Wenn er mir aber

viel Geld bieten würde für unser Grundstück, dann wüsste ich nicht, wie ich mich verhalten würde," erwiderte die Wirtin.
„Ist der Makler eigentlich von hier?" wollte Wolfgang wissen. Ja, er sei schon von hier, wie sein Vater auf dem Brückenhof geboren. Aber dann habe er längere Zeit im Ausland gelebt. USA oder Kanada. Und als er zurückgekommen sei, habe er offensichtlich Geld gehabt, so dass er auf dem Hof des Vaters alles umkrempeln konnte. Der Vater gab dann auch die kleine Landwirtschaft auf und habe sich nur noch um die Pflege des alten Bahnhofs und das Bahnhofsgelände gekümmert. Beides gehörte zu seinem Grund und Boden. Er wollte immer so eine Art Museum daraus machen. Der Sohn, hieß es, wolle ihn aber abreißen oder in den geplanten Golfplatz einbeziehen. „Verrückt so was, oder?"
„Auf jeden Fall leben also beide," warf Wolfgang gespannt ein.
„Ja, natürlich leben beide. Warum fragen Sie?"
Wolfgang und seine Frau schauten sich bedeutungsvoll an.
„Ach, ich meine nur."

In Gedanken versunken verließen sie die Wirtschaft und das Flusstal. Hatten sie da bei den beiden Motorradfahrern irgendetwas falsch verstanden? Aber beide? Oder waren das Spinner oder einfach merkwürdige Spaßvögel, die ihnen einen abstrusen Streich spielen wollten? Bei Wolfgang verstärkte sich die Meinung, dass da etwas nicht stimme. Das roch nach Kriminellem. Aber es hatte ja wenig Sinn, mit Monika darüber zu reden. Die würde ihn nur wieder als Spinner bezeichnen. So hing jeder seinen eigenen Gedanken nach.

Jetzt ging es über eine große Wiese wieder bergauf.Die dichte Wolkendecke hatte sich in viele einzelne Wolken aufgelöst und hin und wieder huschte auch mal ein Sonnenstrahl hervor. Ein leichter angenehmer Wind hatte sich erhoben. Auf der Wiese vor Betreten des Waldes stand ein Pony mit aufrechter, wehender Mähne auf der Weide.
„Wolltest du nicht immer so sein wie dieses Pony, von kühnem, ungezähmtem Geist?" fragte Wolfgang seine Frau plötzlich.
„Ja, das stimmt", antwortete sie. „Aber warst du nicht sogar mal eins?"
Er grinste und murmelte etwas Unverständliches in seinen grauen Bart.

Der Wald öffnete sich auf eine Wiesenlandschaft am Hang, die ringsum von den jetzt wieder goldgelb leuchtenden Buchenwäldern umrahmt war. Vor ihnen lag Obermühlen mit seinen beiden Fachwerkhäusern wie eine ungestörte Idylle. In dem ersten Haus schien die junge Familie des Computer-menschen zu wohnen. Man sah es an dem Spielzeug vor dem Haus und Kinderwäsche, die auf der Leine im Garten hing. Ein paar Pferde und etwa sechs Kühe auf den Weiden, ein Stück entfernt der traditionelle zweirädrige Anhänger mit dem zylinderförmigen Zinkbehälter, an dem sich die Kuhtränke befand. Die Kühe hatten sogar Hörner! Die einfache Asphaltstraße endete schon ein Stück vor dem ersten Haus und mündete in einen Weg, der aus altem Grauwackepflaster bestand. Keine Hunde liefen ihnen bellend entgegen, dafür aber zwei heftig zischende Gänse, die die Fremden mit zornig vorgerecktem Hals zu vertreiben suchten.Das zweite Haus war ein stattliches Fachwerkhaus mit angebautem Stall, der mit grün gestrichenen Brettern verkleidet war. Rechts und links befanden sich weitere Schuppen aus grauschwarz gewordenem Holz. Wenn nicht ein Auto da gestanden hätte, hätte das Ganze vor hundert oder mehr Jahren kaum anders ausgesehen.

„Und wie harmonisch alles in die Landschaft eingebettet ist", dachte Wolfgang. Wenn er dieses Anwesen besitzen würde, würde er sicher auch diesen raffgierigen, für Schönheit unempfindlichen Makler hassen. Überhaupt Makler! Eine unnötige Spezies Mensch. Eigentlich regelrechte Schmarotzer. Aber was würde er machen, wenn er in der Lage der Leute in dieser Gegend wäre? Sicher, verkaufen würde er nicht. Nur dann würden andere verkaufen, und zum Schluss säße man da wie auf einer Insel. Das ist dann ja auch kein normales Leben mehr. Und sein ganzes Leben kämpfen um so eine Idylle? Vor allem: wie kämpfen? Vor Gericht? Wenig Chancen wahrscheinlich. Da kann man sich schon vorstellen, dass einer sich seine Gerechtigkeit selber herstellt, bis hin zu Mord und Totschlag. Mord und Totschlag? Da waren ja wieder diese Gedanken! Von Beginn an hatte er auf dieser Wanderung „gerochen", dass hier etwas stank. Immer wieder kam er auf Mordgedanken. Ja, aber wer sollte denn hier wen ermorden, und warum?

Plötzlich fiel es ihm wie Schuppen von den Augen: Der Computermensch hatte die schwarzen Motorradtypen beauftragt, den Makler und vielleicht auch dessen Vater umzubringen, um einen Golfplatz in dieser Gegend zu verhindern! Du bist ja verrückt. Nur weil du eigentlich gar keine Lust zum Wandern hast, und dich das alles langweilt, denkst du dir solche Geschichten aus. Monika hat schon Recht. Vielleicht war das auch nur ein Ablenkungsversuch von seinen eigenen Problemen. Und doch kam er immer wieder auf diese Gedanken zurück.

„Schau mal zurück! Das sieht ja wieder herrlich aus, " riss ihn Monika wieder aus seinem Brüten. Tatsächlich, hinter dem tiefen Flusstal zog sich ein weiter grüner Hang hinauf, bekrönt von den Dächern von Linde mit seinem spitzen Kirchturm. Und davor in paradiesischer Ruhe die Häuser von Obermühlen, jetzt in hellem Sonnenschein. Wie auf einem Gemälde von Ludwig Richter. Aber der hatte ja damals schon Idyllen gemalt, die der Wirklichkeit nicht mehr entsprachen. Immerhin war damals die Industrielle Revolution schon mitten im Gange.

Aber warum sollte er sich eigentlich nicht an dem Anblick solcher Schönheiten erfreuen? Die Geschichte ging zwar weiter, aber es wurden ja auch Naturschutzgebiete und Nationalparks errichtet, den Menschen zur Freude und zur Erholung. Wie gut ging es ihnen doch eigentlich, bei aller Arbeit und allen Sorgen. Und ausspannen musste man eben auch mal, wie sie es gerade taten. Monika hatte Recht. Sie hatte eigentlich die gesündere Einstellung zum Leben, war realistischer als er. Er musste immer wieder irgendwo die perfekte Welt suchen, und wenn das nicht klappte, wurde er depressiv oder vermutete Verbrecher am Werk.

Jetzt kamen sie wieder aus einem Waldstück heraus und wanderten über einen grasbewachsenen Weg, der auf beiden Seiten in eine Wiese überging, waagerecht, nur im Hintergrund von bunten Herbstwäldern begrenzt. Und jetzt öffnete sich auf der linken Seite der Wald zu einem Waldtal, das endlos erschien, aber hinten wunderbar den Blick auf den verwunschenen Kessel von Breidenbach eröffnete mit Burg und Kapelle. Wunderbar!

„Ist das ein Leben!" rief er auf einmal, wie er es früher öfter spontan auf Wanderungen getan hatte, genauso wie sein Freund, der wegen Schwierigkeiten mit den Knien solche Wanderungen gar nicht mehr unternehmen konnte. Was war er selber doch eigentlich für ein Glückspilz, dass er das noch konnte! Er war ja auch im Grunde kerngesund, wenn man von den paar Wehwehchen absah, die sowohl ihn als auch Monika ab und zu plagten. Spontan umarmte er sie und gab ihr einen Kuss.

„Na also, " meinte sie nur. „Jetzt hast du doch wieder Spaß am Wandern."

Als sie kurz darauf ihr Ziel, die Kapelle mit den zwei hochragenden Pappeln oben am Horizont vor sich sahen, begannen sie beide „Droben stehet die Kapelle" zu singen, mit dem anschließenden Damdadamdam des Schlagzeugs, wie es auf einer ihrer Lieblingsplatten von einer Kölner Popgruppe ertönte. Lachend gingen sie das letzte Stück des Wiesenwegs weiter, bis sie im Wald wieder die Straße erreichten, an dem Haus, hinter dessen Hecke sie beim Beginn der Wanderung die quakende Stimme gehört hatten.

Sie waren schon fast vorbei, als sie auf der Einfahrt einen Polizeiwagen stehen sahen und einen der Polizisten fragen hörten:

„Und die beiden Motorradfahrer wollen Sie wirklich nicht gesehen haben und kennen Sie auch nicht?"
„Nein, das habe ich Ihnen doch schon zweimal gesagt", antwortete die unsympathische quakende Stimme. Wolfgang und Monika schauten sich mit erstarrenden Blicken an.

Der letzte Lehrer

Die zahlreichen Absperrungen und Umleitungen mit ihrem Schilderwald versperrten den Blick auf die Ampel auf der gegenüberliegenden Straßenseite, so dass Karagül sich erst in Bewegung setzte, als sie spürte, dass der Menschenstrom um sie herum weiterquoll, wie ein Fischschwarm von unsichtbaren Signalen in die Fließrichtung gedrängt. Das war nun schon seit Jahren so, seitdem an der neuen U-Bahn-Linie gebaut wurde, die die Innenstadt durchschnitt, und von der viele behaupteten, sie sei völlig unnötig, und das ganze Projekt sei nur durch die Verflechtungen mancher Ratsmitglieder mit einigen heimischen Baufirmen zu erklären.

Das war es aber nicht, woran sie in diesem Augenblick dachte, sondern ihr Kopf war angefüllt mit Gedanken an ihre Chefin, die ihr kürzlich angedroht hatte, sie werde ihr kündigen, wenn sie noch einmal zu spät zur Arbeit käme. Dabei hatte es sich doch meistens nur um wenige Minuten gehandelt, wenn sie unterwegs einen Bekannten traf, den sie begrüßen musste, wenn sie nicht seine Sympathie verlieren wollte. Oder wenn sie einen Anruf auf ihrem Handy erhielt, bei dem es sich um eine Terminabsprache handelte. Wenn das während der Arbeitszeit geschehen wäre, womöglich, wenn sie gerade kassierte oder einem Kunden seine Backwaren in die Papiertüte mit dem Firmenlogo steckte, das wäre der Chefin schließlich auch nicht recht gewesen. Auf jeden Fall wollte sie aber dieses Mal ihre Stelle behalten. Denn die erwartete Verbindung mit Ali war ja auch in die Brüche gegangen, und von einer durch Ehe gesicherten Zukunft konnte vorläufig keine Rede sein. Deshalb konnte sie nun auch wieder ungeniert das Kopftuch ablegen und sich so schick kleiden, wie es ihr gefiel.

„Karagül!" ertönte eine Stimme aus dem Menschenwurm, der sich ihr entgegenwälzte. Nur nicht hinschauen, sonst würde sie wieder aufgehalten, und alle Vorsätze wären dahin. Außerdem war es eine alte Stimme, auf die sie sich zunächst keinen Reim machen konnte, bis ihr bewusst wurde, dass sie sie kennen musste. Unwillkürlich kam ihr ihr Vater in den Sinn, wenn er am Abend versuchte, Licht in das Dunkel ihres Tagesablaufs zu bringen, eines Dunkels, das sie ihm gegenüber sorgfältig zu erhalten strebte. Wenn ihr auch die Sorge, die aus seiner Stimme klang, ans Herz ging und sie das Auftauchen von fröhlichen Kindheitserinnerungen, in denen sie an seiner Hand den Bosporus entlangspazierte, flugs in die Tiefen ihrer Erinnerung zurückstopfte. Wie auch die Gedanken an die Tätigkeit des Vaters in seiner Organisation und den ewigen

Geldmangel, den sie mithelfen sollte zu beheben. Natürlich war das hier nicht die Stimme ihres Vaters. Aber irgendeine Ähnlichkeit war da. So dass sie noch auf dem Zebrastreifen ihren Schritt beschleunigte, um die vor ihr Gehenden zu überholen.

Er ließ nicht nach. „Hallo, Karagül!" rief die Stimme drängender und fast ein wenig empört, weil sie noch nicht reagiert hatte. Wie in einem Zwang musste sie sich nun umdrehen und ihm ins Gesicht schauen. Sie kannte es natürlich, wie sie erwartet hatte, obwohl ihr im Moment kein Name dazu einfiel. Ein hochgewachsener alter Mann, älter noch als ihr Vater, eine kleine Frau neben ihm, bei der man nicht wusste, ob ihre Haare nun hellblond oder grau waren. Wie unter Hypnose folgte sie den beiden zurück zu der Stelle, wo der Zebrastreifen begann. Die Eile, mit der sie nach der Mittagspause ihrer Bäckerei entgegenstrebte, war vergessen.
Als müsste sie diesem Mann Rede und Antwort stehen, wie einem Richter, der seine wissenden Augen auf sie gerichtet hatte.

Bis zu einer gewissen Grenze hatten diese Augen sie früher auch gezwungen, Geständnisse von sich zu geben, Geständnisse von nichtgemachten Hausaufgaben und von unentschuldigtem Fehlen. Das war der Tiefe ihrer Augenhöhlen zu verdanken, die von Verantwortung und Pflicht redeten. Aber da waren noch die beiden anderen Züge, die sie besaßen. Die Güte, die in ihren kleinen Lachfältchen lag, und das strahlende Blau der Iris, das Rechtschaffenheit und Klarheit offenbarte, vielleicht aber auch eine Naivität, die das Dunkel ihrer eigenen Augen nicht durchdringen konnte, nicht durchdringen durfte. Welche Enttäuschung hätte sie ihm bereitet. Welches Bild von ihr selber hätte sie in diesen Augen zerstört!

Wie hätte sie im Deutschunterricht widersprechen können, wenn er in den Texten der großen Dichter seinen Glauben an Wahrhaftigkeit und Gerechtigkeit an seine Schüler weiterzugeben versuchte, wie hätte sie seine Maximen von Sparsamkeit und Klugheit anzweifeln können, wenn er in Wirtschaftslehre zum vernünftigen Umgang mit Geld anleitete!

„Karagül! Ich habe in den letzten Tagen oft an dich gedacht. Ich wollte dich schon anrufen und mich einmal mit dir treffen. Ich habe ja jetzt viel Zeit. Und ich wollte so gerne wissen, warum du damals nicht mehr zur Schule kamst und so keinen Abschluss erhieltest. Wie geht es dir?"

An mich gedacht? Dabei fällt mir immer sein Name noch nicht ein.
Obwohl ich, das gebe ich zu, manchmal von ihm geträumt habe. Vor allem, wenn es mir einmal ganz schlecht ging.

„Gut geht es mir."
„Was machst du denn? Wo arbeitest du? Du bist doch sicher auf dem Weg zu deiner Arbeitsstelle."
„Hier ganz in der Nähe. In einer Rechtsanwaltskanzlei."
„Ach, da ist dein Wunsch doch Wirklichkeit geworden. Da gratuliere ich aber. In derselben Kanzlei, wo du damals dein Praktikum gemacht hast?"
„Nein, nein, in einer anderen. Und meinen Abschluss habe ich auch nachgemacht. Sogar Realschulabschluss."
„Ach, das ist ja toll. Und wo?"
„Bei der Volkshochschule. Und demnächst will ich auch Abitur machen. Und heiraten."

„Karagül, Karagül! Ich habe es ja immer gewusst, dass etwas in dir steckt. Mehr als du damals gezeigt hast. Aber warum hast du in der letzten Klasse so oft geschwänzt? Jetzt kannst du es mir ja sagen."

Die Lachfältchen um seine Augen zeigten wieder diese Mischung aus Verschmitztheit und Güte. Aber das klare Blau der Iris. Nie würde er verstehen. Seine drohende Enttäuschung würde verhindern, dass er ihr Glauben schenken würde.

„Ach, ich hatte damals Stress mit meinen Eltern."

„Mit deinem Vater?"
„Auch mit meiner Mutter. Mit beiden."

Ihre Augen hatten nun wieder die klare hoffnungsvolle Färbung angenommen wie damals, wenn sie ihm das Blaue vom Himmel vorlog.
Sie wusste, dass ihn genau das daran hinderte, weiter zu fragen. Er würde damit das eigene Gedankenreich zerreißen, das Tuch der Gerechtigkeit, das Tuch, das ihn davor bewahrte, seine pädagogischen Illusionen fahrenzulassen und endlich die ungeschminkte Wirklichkeit seiner Schüler zu sehen.

Hastig verabschiedete sie sich nun von ihm und von seiner kleinen Frau, die noch den Satz „Da sieht man, dass die Intelligenten doch immer noch die Kurve im Leben kriegen" von sich gab.

Als sie sich umdrehte, überquerte vor ihr eine dieser modernen Straßenbahnzüge den Fußgängerüberweg, die ein schickes Design aufwiesen, das aber wie angeklebt erschien, als würde im nächsten Moment eine Fassade herabfallen, die das hässliche Getriebe und ansonsten ein hohles Nichts bloßlegten, ein Nichts, das aber notwendig war und das Weiterleben der Menschen ermöglichte. So wie heute hatte sie diese Straßenbahnen noch nie gehasst. Und sie sehnte sich wieder zurück nach den alten gemütlichen Bahnen, mit denen sie als Kind mit ihrer Familie durch Istanbul gefahren war, bevor sie eines Tages Hals über Kopf nach Deutschland auswanderten.

Tee aus Luxemburg

Damals waren Gefühlsäußerungen zwischen Eltern und Kindern eher selten, der abendliche Kuss auf Lippen von Mutter und Vater ein selbstverständlicher Ritus, über den nicht weiter nachgedacht wurde. So selbstverständlich wie die Liebe zu seinen Eltern war für Friedhelm Höhenpflüger auch ihr späterer Tod fast etwas Normales, das ihm zwar Trauer und Tränen entlockte, ihn aber keineswegs in seinem Innersten erschütterte. Die Beerdigungen seiner Großeltern einige Jahre vorher waren ihm nahezu wie fröhliche Volksfeste erschienen. Je älter er selber allerdings wurde, umso häufiger spürte er das Bedürfnis, seine Eltern oder Großeltern etwas zu Damals waren Gefühlsäußerungen zwischen Eltern und Kindern eher selten, der abendliche Kuss auf die fragen, was er während ihres Lebens versäumt hatte. Umso deutlicher wurde ihm auch, dass die stärksten Erinnerungen Situationen waren, in denen sie eine Solidarität mit ihm gezeigt hatten, die damals – zumindest für ihn- etwas Außergewöhnliches darstellten. Diese Situationen ragten wie Leuchttürme aus einem Meer von selbstverständlicher Zuneigung und Fürsorge heraus.

Mit Erstaunen und großer Befriedigung hatte er so die Anzeige registriert, die seine Mutter veranlasst hatte, als ihn ein Arzt –

ausgerechnet ein Arzt!- verprügelt hatte, nachdem er dessen Auto beim Spielen mit einem Bierdeckel getroffen hatte. Statt ihren Sohn wegen seiner unbesonnenen Handlung zur Rede zu stellen oder sogar zu bestrafen, hatte sie ihn liebevoll und voller Mitleid in den Arm genommen.

Nie vergaß er, wie sein strenger, fast unnahbarer Großvater ihm und seiner Mutter eine Weißbrotschnitte mit Butter, mit richtiger Butter und Johannisbeergelee geschmiert hatte, als sie nach der Flucht aus Sachsen ausgehungert auf dem Hof der Großeltern standen. Der Großvater, wo doch alles, was mit Haus und vor allem mit Küche zu tun hatte, in den Händen der Großmutter lag, die aus irgendeinem Grund gerade abwesend war.

Nur ein entsprechendes Erlebnis mit seinem Vater, den er erst mit sieben Jahren kennenlernte, nachdem er todkrank aus zweijähriger russischer Gefangenschaft wieder zurückgekehrt war, ließ lange auf sich warten. Vielleicht spielte da ja auch Eifersucht eine Rolle, Eifersucht auf die Mutter, mit der Friedhelm sieben Jahre ohne ihn verbringen konnte, obwohl Friedhelms Eltern kurz vor Kriegsausbruch geheiratet hatten - aus Liebe. Große Auseinandersetzungen zwischen Vater und Sohn hatte es nie gegeben, nur diese eigenartige Fremdheit zwischen ihnen. Vielleicht war es auch die Fremdheit zwischen dem Gymnasiasten und dem Arbeiter, von denen jeder in seiner eigenen Welt lebte, Friedhelm in einer verschulten Welt der Bücher und der Ferienreisen zu Fuß und per Anhalter, sein Vater in seiner Arbeit als Elektriker mit seinem sonntäglichen Skatspiel.

Nur einmal hatte Friedhelm erlebt, dass sein Vater sehr wütend wurde, als er ihm nämlich mit 16 erklärte, dass er die Schule verlassen wolle, um in Frankreich eine Schreinerlehre zu beginnen. Aufgrund dieses ungewohnten Wutausbruchs seines sonst eher gleichmütigen Vaters gab er diesen unausgegorenen Plan, der wer weiß welcher Lektüre oder Träumerei entstammte, und der die opferreichen jahrelangen Bemühungen seiner Eltern um eine bessere Zukunft für ihren Sohn zunichtegemacht hätte, sofort erschrocken und beschämt auf. Danach dümpelte ihre Beziehung oder das, was nach außen davon sichtbar wurde, so dahin, ohne besondere Höhen und Tiefen. Keiner wusste so richtig vom anderen, was in dessen Innerem vor sich ging.

***

Noch heute versteckt sich Neuerburg in der Eifel tief im Tal der Enz und ist ringsum von dichten Wäldern umgeben, so dass vielen Menschen nicht bekannt ist, dass es sich bei diesem abgelegenen Ort von nicht einmal 1500 Einwohnern um eine der kleinsten und ältesten Städte des Landes handelt. Nachdem sich Jahrhunderte hindurch die durch Kriege und Einquartierung von Soldaten gebeutelten Menschen hier durch ihre Webstühle ihr Brot verdient hatten, taten sie dies in unserem Jahrhundert durch Dienstleistungen und Arbeit in der örtlichen Gemeindeverwaltung. Nach dem Ende des Weltkriegs brachte auch die Nähe zur Grenze erstmalig einen Vorteil, über den man offiziell aber nicht gerne sprach.

Der Grundstein zu einem bescheidenen Tourismus aber wurde durch die Jugendlichen gelegt, die in Gruppen, Klassen und als Einzelwanderer die Herberge in der romantischen Burganlage hoch über den Gassen der Stadt besuchten und mit Leben erfüllten. Die Gerüchte über Geister in dem Ruinenteil der Burg entzündeten sich immer neu an den düsteren Bruchsteinmauern, den schiefergedeckten Dächern der runden Burgtürme und dem roten Sandstein an den Fensterblenden und dem ausladenden Erker am Rittersaal. Der gute und alles beherrschende Geist in der Wirklichkeit aber war Tante Anna, die mit ihrer gutturalen Stimme und dem behaglichen Akzent der Südeifel die lärmenden Scharen in Schach hielt, wenn sie sie aus der dampfenden Küche ultimativ aufforderte, die großen Schüsseln mit Kartoffeln und Gemüse abzuholen.

Jetzt aber war Winter. Das bedeutete, dass Friedhelm der einzige Gast war und deshalb das Privileg genoss, mit Tante Anna zusammen in dem kleinen Essraum vor der Küche zu sitzen, eingehüllt in die bullerige Wärme des Kachelofens, die man beim Frühstück auch dringend benötigte nach der muffigen Kälte des Schlafraums mit seinen kratzenden Wolldecken und der eisigen Einsamkeit des Waschraums mit seinem langen Trog aus Blech, in die der Wasserhahn einen aggressiven hohlklingenden Strahl spritzte.

„So, Friedhelm, du willst noch nach Luxeborsch? E schöne Stadt. Wees de was? Du kenns mer eppes Tee metbrenge. A Pund oder so. Machsde des? Ech bezahl dech danach. Geht dat?"
Ihre Stimme, die Wohlwollen und Zupacken signalisierte, sang noch eine Terz höher als sonst, und Friedhelm sah sowieso keinen Grund, ihre Bitte abzuschlagen, zumal ihm gegenüber die junge Küchengehilfin saß, über deren freundliche Blicke er oft bis in die Nacht nachdenken musste.

So machte er sich auf den Weg, die drei Treppenstufen aus dem Essraum in den Turm mit der ausgetretenen Wendeltreppe hinunter, durch die Pforte neben dem Torbogen und durch den Glockenturm hindurch bis auf den verlassenen Marktplatz des Städtchens, wo schon nach einer halben Stunde ein Autofahrer anhielt und ihn bis zur Grenze mitnahm. Der Besitzer des zweiten Wagens war schon ein Luxemburger, der ihn mitten in der Hauptstadt des Großherzogtums neben der gotischen Kathedrale absetzte, in der sich Friedhelm in der Krypta das Grab des Königs Johann von Böhmen anschaute, dessen sterbliche Überreste jahrhundertelang ein grenzübergreifender Zankapfel gewesen waren, und der 1322 die Erhebung Neuerburgs zur Stadt angeregt hatte. Er ging in die Geschichte ein als Verkörperung des Ritterideals, gepaart mit chronischem Geldmangel.

Nach einem Gang durch die von Kasematten und Brücken unterhöhlte, aber sonst sehr gepflegte Stadt, am Herzogspalast vorbei, wo ihn erstaunte, dass ein lebendiger Soldat dort in einem Wachhäuschen einen lebendigen Großherzog zu verteidigen schien, mitten im zwanzigsten Jahrhundert, erstand er in einem Laden in der Altstadt 500 g Tee, fünf Beutel zu je 100 g, die er in einen Plastikbeutel steckte, der ihm wie selbstverständlich dazugegeben wurde.

Zuerst hatte er es mit den kümmerlichen Französischkenntnissen versucht, die man ihm in der Schule vermittelt hatte, dann wurde er von der freundlichen Verkäuferin mit dem schmalen länglichen Gesicht auf Deutsch mit Luxemburger Akzent gefragt, welche Sorte er

denn wolle. Welche Sorte? Eine Sorte hatte ihm Tante Anna nicht angegeben.
„Wollen Sie den Tee mit nach Deutschland nehmen?"
„Nach Deutschland? Ja, natürlich."
„Dann nehmen Sie am besten diesen hier. Den kaufen die Deutschen immer. Er ist ein bisschen teurer. Aber sehr gut."

Als er bezahlt hatte und den Beutel an sich nahm, fragte die Verkäuferin:
„Wollen Sie alle Päckchen bis zu Hause in dem Beutel lassen?"
Verwirrt erwiderte er:
„Ja, warum nicht?"
„Ach, nur so" kam als Antwort aus dem länglichen Gesicht.

***

Nun stand Friedhelm an der Brücke über die Our, etwa zwei Kilometer von der deutschen Grenzstation entfernt. Hier hatte ihn der Luxemburger Fahrer abgesetzt, der ihn bis hierher mitgenommen hatte. Er konnte den Weg bis zur Grenze in einer halben Stunde zu Fuß zurücklegen. Aber war das sinnvoll? Er würde Zeit verlieren. Dabei dauerte es nicht mehr lange, bis es dunkel würde, und im Dunkeln hielten die Fahrer verständlicherweise nicht mehr so gerne an. Außerdem war es feuchtkalt. Vielleicht finge es bald an zu regnen oder sogar zu schneien. Aber die Teebeutel. Die sollten doch wohl nicht verzollt werden. Man kaufte doch in Luxemburg, um billig an Tee zu kommen. Oder?

Er steckte sich ein Päckchen ins linke Bein seiner Knickerbockerhose aus Manchester, eins ins rechte, eins in den linken und eins in den rechten Ärmel seines Anoraks. Nachdem er das fünfte Päckchen über die Schulter in seine offene Kapuze hatte fallenlassen, stopfte er den leeren Plastikbeutel in einen Papierkorb neben der Brücke. Nach ein paar Schritten die Straße hinauf, die zur Zollstation führte, hörte er das klopfende Geräusch eines VW-Käfer-Motors hinter sich. Er drehte sich um und winkte mit dem rechten Daumen nach vorne.

Der Wagen hielt an. Friedhelm öffnete die rechte Tür und blickte in das Gesicht eines Mannes mit einem kurzgeschnittenen Schnurrbart und einer Kappe auf dem Kopf. Ob er in Richtung Neuerburg fahre.
Der Mann wies auf den Beifahrersitz und meinte mit tiefer Raucherstimme:
„Schmeiß die Sachen nach hinten und steig ein!"
Friedhelm nahm die kleinen Körbe, einen dicken Pullover und eine Wolldecke vom Beifahrersitz, schob die Rückenlehne nach vorne und legte alle Teile auf den Rücksitz, wo man im Halbdunkel eine undefinierbare Menge anderer Sachen ahnte. Zum Schluss forderte der

Schnauzbärtige ihn auf, die Decke über alles zu breiten. Er half auf seiner Seite, die Decke glatt zu ziehen.

Nach einer kurzen Unterhaltung über die Burg, die der Eifeler nur von außen kannte, wurden sie von einem Zöllner in Uniform angehalten.
Er fragte den Fahrer an dessen geöffneter Tür: „Haben Sie etwas zu verzollen?" nachdem er seine Papiere geprüft hatte. Nach einem gleichgültigen Nein des Schnurrbärtigen zeigte der Beamte auf Friedhelm.
„Und wer ist das?"
„Ein Anhalter. Ich nehme ihn mit bis Neuerburg", erwiderte der Fahrer.
„Haben Sie etwas zu verzollen?"
Bei seinem Nein musste Friedhelm kurz gezögert haben. Seine Stimme kam ihm selber etwas sonderbar vor. Aber nicht nur ihm.
„Wirklich nicht?"
Ob die Röte, die zwar niemand sah, die ihm selber aber spürbar ins Gesicht stieg, seine Stimme weiter veränderte, als er sein zweites Nein von sich gab, wusste Friedhelm nicht. Offensichtlich war es zweierlei, ob man ein bisschen schummelte, so, wie wahrscheinlich die meisten Bewohner der Grenzgegend, oder ob man unbefangen lügen sollte. Wenn man das nicht konnte, sollte man es doch lieber sein lassen.

So dachte wohl auch der Zöllner, der sich vielleicht in seiner Beamtenehre gekränkt gefühlt hatte, als er Friedhelm nun aufforderte:
„Dann steigen Sie mal aus!"
War es wirklich so, oder hatte Friedhelm sich das nur eingebildet, wenn er später meinte, der Schnauzbärtige hätte noch schnell etwas leise zu dem Zöllner gesagt und ihn dabei mit du angesprochen?

„Kommen Sie mal mit!"
Sie gingen zusammen auf das hell erleuchtete Gebäude zu, wo der Zöllner zu Friedhelm sagte:
„Stellen Sie sich da an die Wand und heben Sie die Arme!"
Will er mich erschießen? Außer dem Zöllner und ihm selber war niemand sonst in dem kahlen Raum. Dann kam der Uniformierte auf ihn zu, griff schnell und sicher an seine Hosenbeine und an den Anorak.
Friedhelm musste die vier Päckchen herausnehmen und dem Zollbeamten überreichen. Er wunderte sich, dass der das alles so gelassen nahm, wenn man von einem kaum wahrnehmbaren Funkeln des Triumphs in seinen Augen absah.

Dann musste er in einem kleinen Raum Platz nehmen, wo eine Schreibmaschine auf dem Tisch stand. Zu seinem Erstaunen wurde nun ein Protokoll aufgenommen. Er war froh, dass er offensichtlich keinen Zoll zu zahlen hatte.

Nun ja, schließlich gehörte der Tee ihm ja nicht mehr. Außer dem Päckchen in der Kapuze des Anoraks. Das hatte der Zöllner nicht gefunden. Ein kleines Gefühl des Triumphs darüber konnte sich Friedhelm nicht verhehlen. Seine moralischen Anschauungen wurden davon nicht berührt. Die spielten eher während der Befragung eine Rolle, als es um sein Motiv für die Zollhinterziehung ging. Warum er den Tee geschmuggelt habe, wollte der Beamte wissen. Kaum kam ihm der Gedanke an Tante Anna in den Sinn, als er sich schon innerlich auf die Zunge biss. Der Beamte war aber durch sein Schweigen nicht zufriedenzustellen. Er bohrte nach. Da musste er also aktiv zu einer Lüge greifen, einer Lüge, die Tante Anna schützte. Das heißt, dass er so tat, als sei er selber leidenschaftlicher Teetrinker und habe deshalb den Tee billig aus Luxemburg schmuggeln wollen. Nun schien der Beamte zufrieden. Er lehnte sich zurück, nachdem er die letzten Zeilen beendet hatte, und ließ Friedhelm das Protokoll unterschreiben, was ihn innerlich empörte, da er sich regelrecht genötigt sah, eine Lüge zu unterschreiben, die er doch nur zugunsten einer anderen Person erfunden hatte.

Vor dem Zollgebäude war es schon dunkel, als Friedhelm auf die Straße trat. Der Schnauzbärtige mit seinem VW-Käfer war natürlich längst verschwunden. Aber Friedhelm hatte Glück. Er konnte bald danach über hohe

Stufen in einen LKW einsteigen, nachdem dieser zügig abgefertigt worden war. Der Zollbeamte beachtete Friedhelm nun nicht weiter.

Als er Tante Anna das gerettete Päckchen überreichte und seine Geschichte erzählte, schlug die lamentierend die Hände überm Kopf zusammen. Zu Friedhelms Verwunderung tat sie so, als sei es doch nur um die Qualität des Tees gegangen. Warum hatte er den Tee denn nicht verzollen lassen? Natürlich bezahlte sie ihm alle fünf Päckchen. Aber beim Schmuggeln erwischt? Das war ja schrecklich. Lange konnte sie sich nicht beruhigen, vor allem, als sie erfuhr, es sei ein Protokoll aufgesetzt worden. Schließlich legte sich ihre Aufregung ein wenig, als sie sich gegenseitig davon zu überzeugen versuchten, dass das Protokoll wohl in den Tiefen eines Aktenschranks verschwinden würde.

***

Nach Hause zurückgekehrt, erzählte Friedhelm seine Schmuggelgeschichte seinen Freunden und Verwandten, wo sie überall auf großes Interesse traf und auf Gelächter, wenn er von dem Päckchen in der Kapuze berichtete. Nach einem halben Jahr hatte er alles fast schon vergessen, als seiner Mutter vom Briefträger ein Brief überreicht wurde, dessen Empfang sie quittieren musste. Er kam vom örtlichen Amtsgericht und enthielt eine Vorladung zum Jugendrichter. Damit hatte Friedhelm nicht gerechnet.

Er hatte auch nicht mit der Selbstverständlichkeit gerechnet, mit der ihn sein Vater zum Gericht begleitete. Dazu hatte er sich von seiner Arbeit beurlauben lassen und sich in seinen Sonntagsanzug gezwängt, was er auch von Friedhelm verlangte, der sich nach kurzem Protest fügte.

Nun saßen sie schweigend nebeneinander auf dem Flur des Amtsgerichts, sich selber ein ungewohntes Paar in ungewohnter Umgebung. Als die Tür aufging, wurden sie aufgefordert, vor dem Tisch des Richters Platz zu nehmen, der eine Weile schweigend in seine Akten schaute. Dann schaute er Friedhelm an und begann die Verhandlung, die ohne weitere Zeugen war, da es sich ja um den Jugendrichter handelte.

„Wie ist Ihr Name?"
„Das wissen Sie doch. Sie haben mich doch vorgeladen."
Während sein Vater ihm einen Rippenstoß versetzte, hörte Friedhelm, wie der Richter mit hochgezogenen Brauen seine Frage wiederholte:
„Wie ist Ihr Name?"
Friedhelm nannte unwillig seinen Namen.
„Geboren?"

Er konnte es sich nicht verkneifen, mit „Ja" zu antworten.

Das genügte, um den Richter, der eigentlich einen recht zivilen Eindruck machte, platzen zu lassen.

Mit barscher Stimme wies er Friedhelm auf den Ernst des Verfahrens hin, und dass er sich gefälligst zusammennehmen solle.

In der anschließenden, in nicht sehr freundlichem Ton geführten Befragung ließ der Richter sich das Protokoll, das ihm offensichtlich vorlag, in seinen Einzelheiten bestätigen. Als er zu dem Motiv des Schmuggels kam, wurde er von Friedhelms Vater unterbrochen:

„Also eigentlich hat er den Tee nicht für sich geschmuggelt."

„Sie antworten nur, wenn Sie gefragt sind."

„Aber er sagt es doch selber nicht."

Mit ungehalten hochgezogenen Brauen zeigte der Richter auf das Protokoll:

„Das steht aber hier."

„Es stimmt aber nicht."

„Und was stimmt dann?"

„Er hat ihn für Tante Anna geschmuggelt."

„Wer ist Tante Anna?"

Nachdem ihn nun abwechselnd Friedhelm und sein Vater über Tante Anna und Friedhelms wahres Motiv aufgeklärt hatten, wurde der Richter etwas weniger förmlich. Er wies aber Friedhelm noch mal mit strenger Stimme auf sein Vergehen hin. Dann erklärte er, mehr an Friedhelms Vater gewandt, dass das Ver-

fahren wegen Geringfügigkeit niedergeschlagen werde. An Friedhelm gewandt, ergänzte er, dass das vor allem in Anbetracht der Tatsache geschehe, dass er kurz vor dem Abitur stehe und bei Vorbestraftheit Schwierigkeiten bekommen könne. Er müsse aber eine Buße von 8 DM ans Rote Kreuz zahlen.
„Sind Sie damit einverstanden?"
„Muss ich ja wohl", antwortete Friedhelm, dem der Ernst der Situation immer noch nicht klar war. Als ihn sein Vater wieder in die Rippen stieß, fügte er hinzu:
„Ja, ich bin einverstanden."
Der Richter ließ sein erneutes Brauenhochziehen in einem leichten Kopfschütteln enden.

***

„Komm, wir gehen hier noch ein Bier trinken", meinte Friedhelms Vater, als sie das Gerichtsgebäude verlassen hatten und vor einer Gastwirtschaft in derselben Straße standen. Er nahm das eine der beiden Gläser in die Hand, die der Wirt ihnen auf die Theke gestellt hatte, und prostete seinem Sohn zu:
„Das hätten wir hinter uns, was?"
Friedhelm fühlte sich wie in einem anderen Leben. Früher hatte er seinen Vater schon mal nach dem Frühschoppen am Sonntag vom Skatspielen abgeholt, wenn die Mutter Angst hatte, er würde zu spät zum Mittagessen kommen. Doch das war jetzt etwas ganz anderes. Hier standen sie in ihren Anzügen

gleichberechtigt nebeneinander. Es war ihm fast ein wenig peinlich. Das Stehen an der Theke war er nicht gewohnt. Mit Klassenkameraden besuchten sie eher einen Eissalon, oder sie setzten sich, wenn sie in einer Gastwirtschaft waren, an einen Tisch. Theken waren ihm immer wie ein Ort für Trinker oder Angeber vorgekommen.

Eigentlich hatte er erwartet, dass sein Vater sein patziges Verhalten vor dem Richter kritisieren würde. Umso erstaunter war er, als er über die Förmlichkeit des Richters schimpfte. Wo es sich sowieso um eine Lappalie gehandelt und Friedhelm nicht einmal eigennützig gehandelt hatte. Aber so wären sie, die da oben. Und die wahren Verbrecher ließen sie in Ruhe.

Friedhelm kam nun seine Mutter in den Sinn, wie sie ihn gegen den Arzt verteidigt hatte, und sein Großvater, als er ihm das Butterbrot geschmiert hatte, und als sein Vater ihm erzählte, dass er vor ein paar Jahren auch einmal vor Gericht gestanden hatte, bekam er große Augen. Friedhelm wusste, dass ein Arbeitskollege, der mit seinem Vater befreundet war, an der Arbeitsstelle zu Tode gekommen war, weil er bei Reparaturarbeiten einen elektrischen Schlag bekommen hatte. Er war selber bei der Beerdigung dabei gewesen. Dass sein Vater aber damals vor Gericht gestanden hatte, weil er für seinen Tod verantwortlich gemacht wurde, hatte er ihm noch nie erzählt. Er war freigesprochen worden, weil der Arbeitskollege gleichzeitig sein Vorarbeiter gewesen war. So wurde die Tatsache, dass sie leichtsinnigerweise eine Sicherung nicht ausgeschaltet hatten, nicht ihm angelastet. Die Tränen, die ihm jetzt in die Augen traten, waren aber nicht nur Tränen der Trauer, sondern auch Tränen der Wut, weil er damals neben dem Verlust des Freundes fast auch seine Unbescholtenheit zu beklagen gehabt hätte. Friedhelm ahnte in diesem Moment, woher sich die Solidarität seiner Mutter, seines Großvaters und nun auch seines Vaters speiste: aus einem tief sitzenden Gefühl der Ungerechtigkeit, die sie durch ihre Stellung in der Gesellschaft und durch ihre Leiden im Krieg erlitten hatten.

Niedrigwasser

Die Gesellschaft Jesu versuchte seit Jahrhunderten, ihrer Zeit immer ein paar Schritte voraus zu sein. So war der Vortrag von Pater Pereira an dem Jungengymnasium nicht eigentlich inhaltlich revolutionär, aber die Tatsache, dass überhaupt über dieses Thema geredet wurde, durchaus. Friedhelm Höhenpflüger sollte durch die Staudammtheorie, die der Pater ausbreitete, über Jahre hinaus geprägt werden, mehr allerdings durch das schwitzende Gesicht des Paters und die Botschaft, die liebevoll gewaltsam aus seiner angestrengten Miene drang.

Mit schamhaft geducktem Staunen hörten sie in der eigens dafür hergerichteten Aula von der Existenz eines verlockenden, aber gleichzeitig gefährlichen Naturtriebs, der geneigt war, die kulturellen oder zivilisatorischen Hüllen einfach fallen zu lassen. Der andere, damit verbundene Trieb, war von noch gewaltigeren Ausmaßen. Denn er sollte sorgfältig gezähmt werden wie die Wasser eines Flusses von der Bedeutung eines Amazonas oder zumindest eines Nils, mit Hilfe eines Staudamms, dessen Schleusenöffnung auf keinen Fall vor dem vorgesehenen Zeitpunkt vorgenommen werden durfte. Ansonsten hätte man sich einer kaum wiedergutzumachenden Sünde schuldig gemacht, die fürchterliche Folgen haben konnte. Das deutete der Pater aber nur sozusagen hinter vorgehaltener Hand oder vielmehr mit dem Schwitzen in seinem Gesicht an, was auf Friedhelm aber umso stärker wirkte.

***

Das Geräusch der vorbeifahrenden Eisenbahn hatte Friedhelm schon in einen Dämmerzustand versetzt, der seine Nachtruhe auf ein niedrigeres Niveau herunterschaltete. Zumindest diesen Zustand hätte er gerne noch länger beibehalten, da er am Abend wieder spät zur Ruhe gekommen war, obwohl Monika schon schlief, als er sich von ihren Eltern im Wohnzimmer verabschiedet hatte, nachdem er noch eine Weile in deren Beisein gelesen hatte.

Sie musste gerade erst die Augen geöffnet haben, und es war ihm unbegreiflich, wie sich ein Mensch im selben Moment in ein hellwaches Wesen verwandeln konnte, das ihn mit einem Kopfkissen bewarf. Als ihn das nicht davon abbringen konnte, den Schlafenden zu mimen, zog sie ihm zuerst die Wolldecke, dann das Betttuch weg, und als das auch nichts zu nützen schien, begann sie seine Schlafanzugsjacke aufzuknöpfen. Murrend drehte er sich zur Seite, was sie veranlasste, sich mit einem Ruck rittlings auf seine Hüfte zu setzen und auf ihm wie auf einem Pony zu schaukeln.

Welch einen Kontrast bildete diese Wirklichkeit aus Lärm, Müdigkeit, Rausch und Klebrigkeit zu den Vorträgen eines Paters Pereira! Wenn er auch auf seinen Reisen per Anhalter und zu Fuß instinktiv eine andere Welt gesucht hatte, wie sollte er aber nun mit diesen Annäherungsversuchen im Ehebett von Monikas Eltern fertigwerden?
Es blieb ihm nichts anderes übrig, als mit den Wölfen zu heulen, indem er sie packte und auf ihre Seite der schaukelnden Matratze warf, obwohl er wusste, dass sie das erst recht in Fahrt brachte.

Es kam zu einem verwirrenden Hin und Her von Leinentüchern, Kopfkissen, gezerrten Schlafanzug- und Nachthemdteilen, Berührungen mit den Gliedmaßen des anderen, Umklammerungen, bei denen durch den Stoff hindurch erstaunliche Details des anderen Körpers wahrgenommen wurden. Schließlich umarmten ihn ihre runden weichen nackten Arme, und er fühlte auf seinem Mund ihren feuchten Kuss. In seine Befreiungsversuche von der überfallartigen Vehemenz des kleinen Mädchens und seinen eigenen verbotenen Gefühlen hinein erschreckte sie die plötzliche Gegenwart von Monikas Vater im Schlafanzug.

Doch wie erstaunt war Friedhelm, als der einfach in der Tür stand und lachte. Lachte, weil er die Hilflosigkeit von Friedhelm sah und die groteske Macht seines temperamentvollen Kindes. Sie sollten nicht so laut sein, war der einzige milde Tadel aus seinem Mund, da seine Frau noch schlafe.

Als sich auch in den nächsten Tagen an dieser Dramaturgie kaum etwas änderte, kam Friedhelm der Verdacht, dass die erstaunliche Billigung des Vaters auf eine Hoffnung gegründet sei, von der er in seinen Büchern gelesen hatte, in Romanen und Erzählungen, in denen Eltern eine Beziehung ihrer Tochter zu einem späteren Studenten fördern, weil sie an einen sozialen Aufstieg denken. Er war aber wiederum erstaunt, die Realitäten solch schleimiger Billigung in der wirklichen Wirklichkeit zu finden, konnte sie eigentlich nicht für wahr halten und musste sie natürlich ablehnen, vor allem, da sie wegen Monikas Alter und seiner höchstens brüderlichen Gefühle inzestartige Züge trugen, wenn sie auch tatsächlich nur sieben, acht Jahre jünger war als er.

***

Tagsüber hielt er sie sich vom Leib, indem er vorgab, er müsse sich mit seiner Lektüre aufs Abitur vorbereiten. Eine ganze Kiste mit Büchern hatte er mit an die Mosel gebracht, die nun im Wohnzimmer gestapelt waren, wo er auch am Abend noch in ihnen las. Sein eigentlicher Lesesaal aber befand sich auf einer Decke, die er Tag für Tag auf einer Wiese am Moselufer ausbreitete. Dort lebte er in den provozierenden Nachkriegsszenen Heinrich Bölls, in den verrückten Figuren Dostojewskis oder auch in den zarten Sehnsüchten der Erzählungen von Storm. Was er eigentlich brauchte als Vorbereitung für die sogenannte Reifeprüfung, die in einem halben Jahr stattfinden würde, davon hatte er keine Ahnung, weil seine Lehrer es nur bei vagen Andeutungen beließen. So war die Lektüre von Carl Jaspers' „Vom Ursprung und Ziel der Geschichte" mehr eine Art magischer Beruhigungspraxis für ihn, die seine Nervosität lediglich ein wenig beschwichtigte, weil er sie als anstrengende Bußübung empfand, so anstrengend, dass er nicht mehr als ein Drittel des kleingedruckten Textes schaffte, was auch später noch daran zu erkennen war, dass nur etwa hundert Seiten von der Sonne gebleicht waren, die in diesem Sommer unbarmherzig vom Himmel brannte.

Das allzu starke Austrocknen und Verbrennen von eigener Haut und Hirnhaut verhinderte er durch gelegentliche Sprünge in den gemächlich dahinfließenden Strom oder das, was davon übriggeblieben war. So konnte man eigentlich auch nicht von Sprüngen reden, sondern von einem Balancieren und Waten über die flachen Schieferfelsstücke und durch den dunklen Schlamm bis zum Wasser, das von Tag zu Tag niedriger wurde. Die Gierfähre, die sonst ihren Antrieb von der Strömung erhielt, hatte ihren Betrieb schon eingestellt. Stattdessen gab es Stellen, an denen man den Fluss zu Fuß durchqueren konnte. Zu Fuß von den Hängen der Eifel in die andere Welt des Hunsrücks, dessen nackte Felsen von noch mehr südlicher Sonne erhitzt zu sein schienen. Solche Durchquerung verschaffte einerseits eine gewisse Befriedigung, ja sogar ein Gefühl der Macht, konnte andererseits aber nicht von dem allgemeinen Stillstand ablenken, den die Ebbe im Wasserstand und das allgemeine Versickern des Flusses bescherte.

Die Kanalisierung der Mosel hatte damals gerade erst begonnen. Ihre Vollendung würde später die durchgängige Schiffbarkeit und Nutzbarkeit des Flusses garantieren. Aber was ginge für Friedhelm dadurch nicht alles verloren? Abenteuerliche Geheimnisse, die sich in Sandbänken und Stromschnellen verbargen, vielfältige Lebewesen in versteckten Tümpeln würden durch Betonkanten und gerade Linien ersetzt werden. Und viele malerische kleine Ortschaften hätten nicht mehr ihren sanften natürlichen Übergang von der geordneten Welt der Menschen in die unscharfen Grenzen in der Natur. Zeigte der augenblickliche Zustand des Flusses aber nicht das genaue Gegenteil an? Und war er nicht zugleich der Zustand von Friedhelm selber? Niedrigwasser, in dem sich nicht mehr viel bewegte. Hatte also Pater Pereira vielleicht doch Recht mit seiner Staudammtheorie? Dabei hatte Friedhelm doch überhaupt keine Schleusen bei sich selber geöffnet, wenn es sie denn überhaupt gab.

***

„Was willst du?"
„Was ich will?"
„Ja, was soll es sein?"
„Brötchen."
„Wie viele?"
„Wie immer, hat Frau Karden gesagt."
„Wenn meine Tante das sagt, wären es sechs."
„Und zwei für mich."
„Warum sagst du das nicht gleich? Es warten noch andere Kunden."

Der schroffe Ton aus dem schönen Mund traf ihn hart. Merkte sie denn nicht, dass er ihre dunklen Augen mit den hochgeschwungenen feinen Brauen für wichtiger hielt als das Abzählen von Brötchen? Er starrte auf ihre schlanken Finger, als sie ihm die Tüte reichte und konnte nicht verstehen, dass sie sich gleich an den nächsten Kunden wandte, ohne mit ihm über die Bedeutung ihrer bleichen Hände zu sinnieren. Seit Monika ihm ihre Kusine Gerlinde vor ein paar Tagen in der Bäckerei vorgestellt hatte, ging sie ihm nicht mehr aus dem Sinn.

Ein paar Tage später hätte er Gelegenheit gehabt, die Geheimnisse dieser Hände zu erkunden. Er hätte nur Monikas kesses Drängeln nachgeben sollen, als sie ihn beim Weinfest auf dem Marktplatz zu ihrer Kusine hindrängte, damit er sie zum Tanzen auffordere. Kam es ihm nur so vor, als frage sie ihn fast widerwillig:
„Wie gefällt es dir hier?"
„Auf der Wiese an der Mosel ist es sehr schön", antwortete er wie im Traum. „Da braucht man nicht diese Kapelle auszuhalten."
„Mir gefällt die Musik."
„Vielleicht passt sie zu dem Wein."
„Gibt es in Köln bessere Musik?"
„In Köln gibt es eine Oper."
„Kann man da in kurzen Hosen hingehen?"
„Der Sommer ist doch warm genug."
„Magst du unseren Wein nicht?"
„Ich trinke keinen Alkohol."

Der lakonische Dialog verkrampfte ihm das Herz. Über Gerlindes hohe Stirn unter den dunkelbraunen Haaren, die ihr bis auf die weiße Bluse fielen, konnte er nicht reden, auch nicht über Eichendorff, den sie vor den Ferien im Gymnasium lasen, und den sie ebenso verehrte wie er. Er erfuhr nicht, wie sich ihre Hüften beim Tanz anfühlten und ihre

Gedanken und Sehnsüchte schon gar nicht. Nicht weil der süßlich-saure Geruch nach Bier und Wein, der aus den angrenzenden Höfen quoll, ihn ekelte, auch nicht, weil er die Tanzschritte nicht gewusst hätte, mit dem die Leute auf dem Pflaster des Markts und den halbdunklen Gassen zu den Tönen der Blaskapelle herumhopsten. Nein, es war das Verbot des Schleusenöffnens, das ihn davon abhielt, sie einfach bei der Hand zu nehmen und diesem Körper nahezukommen, dessen Einzelheiten er nicht einmal zu benennen gewusst hätte.

***

Am nächsten Tag musste er sich im Garten der Kardens in den Weingärten hoch über dem Ort erholen. Die Sonne brütete durch eine unbewegliche diesige Luft hindurch die Eidechsen auf den Schieferfelsen und die reifenden Tomaten, deren bitteren Nachtschattengeruch er in der Nase spürte, wenn er in das Körbchen sah, das neben ihm auf der Holzbank stand. Friedhelm saß im Schatten in der weinberankten Gartenlaube der Kardens und blickte auf die Leichtgeschürzte, die sich an den rankenden Lianen durch den Urwald schwang. Ringsum Gefahr von brüllenden wilden Tieren und schlitzäugigen Menschen, denen man nicht trauen konnte, außer dem einen, der sie im entscheidenden Moment noch rettete, der große Held, der sie mit seinen starken Muskeln in die Sicherheit eines

Felsverstecks brachte. Herr Karden lächelte wieder nur spöttisch, wenn er Friedhelm sah, wie er in seinen Comic vertieft da saß und sich eine Auszeit von seiner hohen Literatur nahm, während Monika ihn ab und an mit Beeren bewarf, die sie beim Herumtoben im Garten pflückte, oder mit einer zappelnden Heuschrecke, die sie vorher in der hohlen Hand gefangen hatte.

Als die Hitze endgültig unerträglich wurde, hielt er sich nur noch in den Wasserresten in der Mosel auf. In der Nähe der Halbinsel staute sich das Wasser in einem tieferen Becken, so dass man hier noch ungehindert schwimmen und sogar Kahn fahren konnte.

Die ausgreifenden Züge seiner Arme und das Strecken seines Körpers dehnten Friedhelms Brust, die sich durch das tagelange Lesen und Liegen noch mehr verengt hatte. Entdeckerfreude erfüllte ihn, als er die obstbaumbestandene Halbinsel umrundete und sich dem Campingplatz näherte. Kinder plantschten im flachen Wasser, und ein Ruderboot näherte sich ihm, auf dem sich beunruhigende Figuren befanden. Zur Klärung griff er in seine Badehose, nahm seine Brille heraus und setzte sie auf seine kurzsichtigen Augen. Das Bild, das sich ihm bot, schockierte ihn und ließ ihn nicht mehr los. Auf der Rückbank des Boots saßen zwei junge Männer, die die Ruder rhythmisch eintauchten. Am Bug aber hockte eine lebende Galionsfigur, deren knappe Bikinihose und verwirrende Schenkellinie Friedhelm sofort in eine Ratlosigkeit stürzten, die ihm das Blut in absolut entgegengesetzte Richtungen trieb.

Als bestehe er aus mehreren Personen, registrierte er, wie seine Hände die eigene Badehose abstreiften und sie sich wie einen Schal um den Hals legten. Von dem Schal an nach unten zappelte nun ein freies Etwas von gewaltigen Ausmaßen hinter der erstaunlichen Schenkellinie auf dem Bootsrand her, mit einer Energie und Ausdauer, die er so nicht an sich kannte, bis es sich in einer konvulsivischen Ekstase entleerte, die eine angenehme, ziehende Erschöpfung und einen ungewohnt leeren Kopf hinterließ. Während der ganzen Zeit empfing der Teil seines Ichs, der sich oberhalb des ungehörigen Schals befand, diese glückseligen Signale vom Rand des Bootes.

***

In Sizilien waren es dann nicht mehr nur Signale, sondern die blonden Haare von Jane, die ihm ins Gesicht wehten, als er an dem langen Sandstrand an der Südküste hinter ihrer schlanken Gestalt herlief. Und ihr Körper, den er atemlos umfaßte, als er sie im niedrigen Wasser endlich einholte. Er hatte sie in der Jugendherberge von Syrakus kennengelernt, und als sie sich sahen, waren sie sich gleich einig, dass sie zusammen an die Strände im Süden fahren würden. Sie suchten beide das Abenteuer.

Eine Woche später waren es die weißen geschichteten Felsen an dem Strand bei Agrigent und der rosa Strand davor, der sanft ins klare Wasser führte. Das schwarze Samtband mit dem kleinen silbernen Anhänger um den Hals der italienischen Germanistikstudentin Anna lockte ihn in die Höhle, als es draußen zu heiß wurde. Dort wartete Friedhelms Weinflasche mit dem dunkelroten Wein auf sie. Sie brauchten keine Gläser, um ihn zu trinken, weil sie ihm den Wein in den Mund und ins Gesicht schüttete, von wo er ihn in ihren Mund zurückspuckte, der von ihren schwarzen Locken umrahmt wurde. Und dann lachte sie jedes Mal dieses verrückte Lachen, das er nie vergessen würde.

Am längsten blieb ihm aber die Erinnerung an das deutsche Mädchen mit den dunklen träumerischen Augen. Er traf sie mit ihren Freundinnen an dem Strand voller Steine, die im Wasser einen Glanz hatten, den sie außerhalb verloren. Im Wasser aber hatten sie die Farbe von reinem Türkis. Sie schwammen oft hinaus und legten sich auf die Seite, um die herrliche Wasserfarbe und die Formen ihrer Körper zu betrachten. Am glücklichsten aber waren sie, wenn sie sich gegenseitig ihre Gedichte vorlasen, die von Felsen, Wasser, Wind und Steinen handelten.

***

So oder ähnlich hätte es in Sizilien weitergehen können. Wenn nicht gleich nach dem Erlebnis mit den Kurven der Galionsfigur dieses von dem auftauchenden Bild des schwitzenden Paters abgelöst worden wäre, welches zunehmend bedrohliche Ausmaße annahm. Er konnte ihm nur entfliehen oder es zumindest zurückdrängen, indem er noch am gleichen Tag nach Koblenz fuhr, um sich dort in einem Buchladen ein Buch über mathematische Kurven zu kaufen. Er suchte insgeheim einen Sinn in den Linien, die ihn an den Bikini und den dazugehörigen Körper erinnerten, konnte sich aber an die Abstraktion nie wirklich gewöhnen und auch nicht an die Formeln, die ihm ein regelrechtes Ekelgefühl verursachten. Die Folgen für die Mathematikprüfung im Rahmen des Abiturs, das er ein paar Monate danach ablegte, waren katastrophal. Das Abitur bestand er so nur mit Ach und Krach, das heißt nur durch die sehr guten Ausgleichsnoten in Englisch und Arabisch. Die Arabischkenntnisse hatte er sich in einer Arbeitsgemeinschaft erworben, in der er als einziger Schüler vor dem Tisch des Lehrers saß, der in der Schule als genialer Außenseiter galt. Diese Kenntnisse verschwanden bald wieder aus seinem Kopf, weil er sie nie praktisch anwandte. Das Bild des Paters aber sollte ihn noch einige Jahre beherrschen, bis er mit Hilfe einer Freundin diese finsteren religiösen und kulturellen Fesseln abstreifen würde.

Ein unscheinbarer Betrug

Ich muss gestehen, dass ich noch nicht weiß, bei welcher Gelegenheit du diese Zeilen lesen wirst. Vielleicht schon bald, weil ich endlich die Wahrheit zu Wort kommen lassen will, die Wahrheit, die uns beiden immer als Verpflichtung galt, bis auf dieses eine Mal, dieses allerdings entscheidende Mal. Doch zögere ich, weil ich ein Risiko eingehe, das Risiko, dass du aus allen Wolken fällst und dich nachträglich betrogen fühlen könntest. Dabei hat die Zeit in vielen Situationen gezeigt, dass ich nicht ganz der bin, als der ich dir damals vorkam. Du hast es gemerkt und mir verziehen. Vielleicht bist du sogar froh gewesen, dass ich zum Teil der wurde, den du damals in Bernhard schätztest, so dass du dich lange nicht entscheiden konntest, wem du dich endgültig zuwenden würdest.

Vielleicht bekommst du dieses Geständnis aber auch erst zu lesen, wenn ich schon nicht mehr bin. Aber auch diese Möglichkeit ist mit Risiken behaftet. Ich könnte dir nichts erklären, wenn du etwas missverstanden oder weitere Fragen an mich hättest. Und deine Verzeihung könnte ich auch nicht mehr in Empfang nehmen. Wenn du sie mir denn gewähren würdest.

Vielleicht überreiche ich dir dieses Geständnis aber in einem Moment, der mir als besonders geeignet erscheint, wenn wir an einem Strand sitzen und aufs Meer schauen, das uns so oft vereint hat, in unserer gemeinsamen Begeisterung, wenn wir weit hinaus schwammen.

Das war es ja schon damals, was wir beide spürten, und von dem ich noch immer glaube, dass es mein Schweigen rechtfertigte. Ich würde aber die Einsamkeit um dieses Schweigen herum so gerne durchbrechen. Ich möchte so gerne in deinen Augen –vielleicht nach einem Augenblick des Schweigens, oder sogar des Schocks- Verstehen und Verzeihen aufleuchten sehen. Wie würde mich das trösten!

Halbwegs fühlte ich mich schon als Gewinner, als wir im Sand zwischen den Felsenmauern lagerten, vor uns die Wellen des Atlantiks, wie sie weit ins Land hineinspülten, als wollten sie dem Grün der Wiesenflächen möglichst nahekommen, das in diesem Sommer noch üppiger als sonst erschien. Ich spürte keine Abneigung und auch keinen Triumph gegenüber Bernhard. Immerhin war er mein langjähriger Freund und ist es nach einer Unterbrechung, wie sie in vielen Freundschaften vorkommt, bis heute geblieben. Dabei waren und sind wir so unterschiedlich.

Wenn wir uns über Kunst unterhielten, redete Bernhard immer von der italienischen Renaissance, von Michelangelo und Raffael, die ich verachtete, weil sie mir zu glatt, zu wenig künstlerisch, zu fotografisch, zu wenig romantisch vorkamen. Ich verachtete dann zugleich Bernhards sachliche Art, und stets kam mir das Wort „Krämergeist" in den Sinn, wenn ich seine ordentlichen Lippen sah. Die so aussahen, als formulierten sie einen Besinnungsaufsatz in der Schule. Schwärmte ich hingegen von der Skurrilität eines Goya und überhaupt der spanischen Kunst und ihrer Nähe zu Afrika, so huschte über seine Lippen ein Hauch von pedantischer Spottlust. Versuchte ich dich von der Überlegenheit und der Genialität des Violinkonzerts in D-Dur von Beethoven zu überzeugen, so setzte Bernhard trocken die Kunst der Fuge im Barock dagegen.

Ihm gefiel der geordnete Strand vor dem Ortszentrum, wo es Liegen gab und Duschen, die einem den Sand und das Salz vom Körper wuschen, mir die abgelegenen Buchten, wo man manchmal erst nach einer halsbrecherischen Kletterpartie an einen wilden Strand gelangte.

***

Robert hatte das Gefühl, dass das heutige Wetter speziell für ihn angefertigt worden war.

Eine leichte Brise machte es möglich, ohne jeden Schutz in der Sonne zu liegen. Sogar Bernhard verzichtete heute auf den Sonnenschirm, den er sich schon kurz nach ihrer Ankunft in einem Laden hinter dem stinkenden Hafen gekauft hatte. So lagen sie zu dritt nebeneinander auf dem weichen gelben Strand, während die Wellen mächtig durch die breite Ria auf sie zu rollten, um kurz vor ihnen dann zärtlich ans Ufer zu lecken. Bernhard hatte sein braunes Handtuch links neben Sarahs rotes gelegt. Robert lag demonstrativ auf dem bloßen Sand rechts neben ihr.

„Bei der Fiesta wurde man in keltische Zeiten zurückversetzt. Diese Musikalität und der leichte Geist, der alles umgab!" Robert konnte seine Begeisterung nicht zurückhalten.
„Die Melodien und der Dudelsack sind Hinweise auf die keltische Tradition in dieser Landschaft", erwiderte Bernhard trocken.
„Die mythische Hingabe, mit der sie ihre Lieder sangen!" meinte Robert. Dabei dachte er daran, dass Bernhard wohl nie zu solcher Hingabe fähig sein würde, wie sie sie an den Sängern auf der Fiesta erlebt hatten, als sie mit nach innen gerichteten Augen ihre Melodien in eine traumhafte Ferne schickten.

Sarah schaute in den frischblauen Himmel, während die schlanken Finger ihrer rechten Hand den Sand neben sich zerbröselten.

„Lebten die Kelten nicht in England und Irland?" streute sie mit wenig Interesse an dem Gespräch ein.

„In der Bretagne, in Irland, in Schottland und in Wales findet man Landesteile, wo hauptsächlich eine keltische Sprache gesprochen wird. Meistens in den Westteilen dieser Landschaften oder in abgelegenen Gebieten. Manchmal werden aber auch Galicien, Asturien und Kantabrien als keltische Gebiete bezeichnet. Von den pankeltischen Organisationen, die es seit einiger Zeit gibt."
Hier musste Robert verstummen. Warum musste Bernhard immer mit solchen Detailkenntnissen versuchen zu glänzen? Oder konnte der einfach nicht anders?
Sein Blick fiel auf die weiß glänzenden Berge im Hintergrund, von denen sich das frische Grün der Umgebung und die niederen Berge malerisch abhoben.
„Die Gipfel der Berge leuchten wie Schnee in der Sonne", bemerkte er und schaute dabei auf Sarah, die nun eine Handvoll Sand genau auf ihren Nabel rinnen ließ.
„Und schaut mal, da drüben sind die weißen Felsen so zerklüftet, dass man lauter Höhlen mit Schätzen darin vermuten kann!"
„Das ist alles eine Folge der Erosion des Kalkgesteins. Man nennt das auch Kohlensäureverwitterung. Die Kohlensäure entsteht durch das Kohlendioxid, das in der Luft ent-

halten ist. Das löst sich im Regenwasser, wovon es hier ja reichlich gibt."
Während in Robert eine Mischung von Verwunderung und Wut aufstieg, sah er gleichzeitig gespannt auf Sarahs nackten Bauch, auf dem sich der Sandhügel, den sie dort aufgehäuft hatte, langsam in Richtung auf ihre Bikinihose zu bewegte. Am meisten interessierte ihn die Stelle, wo der Hüftknochen die Hose ein wenig anhob und dadurch eine kleine Lücke zwischen der gesunden Haut auf ihrem Bauch und der knappen Hose entstehen ließ. Genau auf diese Lücke schien sich ein kleiner Strom des losen Sands hinzubewegen. So bewegte sich das Meer hier durch die Rias ins Land hinein.
„Merkwürdig, wie weit das Meer hier ins Landesinnere vordringt. Als wäre es auf der Suche nach einem großen Geheimnis", hörte er sich den Vortrag von Bernhard unterbrechen.
„Ich sage doch, dass die Kohlensäureverwitterung die Ursache für die Entstehung von Karstlandschaften ist. Und das Meer kann hier so weit eindringen, weil es sich um eine Senkungsküste handelt."
„Wisst ihr eigentlich schon, was wir morgen machen? Ach ja, und wo sollen wir heute Abend essen gehen?" meldete sich Sarah zu Wort und ließ einen weiteren dünnen Faden Sand auf ihren Nabel rieseln, so dass die Körner teilweise von ihrer Hüfte abrutschten und eine kleine Pfütze auf ihrer roten Decke bildeten.

Bernhard wischte mit seiner kleinen kräftigen Hand über die Decke, bis sie wieder ganz sauber war.

Robert hatte sich umgedreht, so dass er nun auf dem Bauch lag. Er streckte seinen rechten Arm weit nach rechts und berührte dabei den Felsen, der hier die Bucht begrenzte. Seine Finger betasteten die winzigen Seepocken, die sich dort angesiedelt hatten, und blieben an einer größeren hängen.

„Wir können ja mal Muscheln essen. Hier ist alles voller Muscheln, und wir haben noch keine gegessen. Schaut mal, hier wachsen sie einem fast in den Mund."
Nun hatten sich Sarah und Bernhard auch umgedreht und schauten auf die Seepockensiedlung, über die Robert mit seiner Hand strich.
„Das sind keine Muscheln. Das sind Seepocken. Und Seepocken sind Krebse", ließ sich Bernhard vernehmen.
„Krebse? Die sitzen doch hier fest", meinte Sarah.
„Sie sehen aus, als wären sie gar keine Tiere. Du hast Recht. Aber es sind Krebse. Ihre Behausung ist jetzt bei Ebbe durch einen Deckel verschlossen. Der schützt sie vor Austrocknung. Deshalb zeigen sich ihre Zangen nicht, die man nur sehen kann, wenn sie feucht werden. Sie kleben fest am Untergrund. Ihre Geschlechtspartner müssen übrigens in ihrer

unmittelbaren Nähe sein, wenn sie sich paaren wollen. Sie tasten dann mit einem langen Penis nach ihnen."
Sarah warf ihm einen überraschten Blick zu.

Robert nahm seine Brille ab und steckte sie in einen seiner Schuhe, die neben ihm lagen. Mit aufgestütztem Kopf sah er nun verschwommen vor sich, wie sich der Sand zum Wasser hin glättete, bis er von einzelnen Wellenausläufern überspült wurde. Dahinter die rauschenden blaugrauen Wellen. In einiger Entfernung tauchte ein dunkles Stöckchen ab und zu aus dem Wasser, verkleinerte sich zu einem dunklen Punkt. Verschwand, tauchte wieder auf. Ein Tanz, der nicht ganz dem Rhythmus der Wellen entsprach. Sein Blick tauchte in den fast makellosen Himmel ein. Träume von fernen Weltgegenden. Von dieser Küste waren die spanischen Eroberer und Entdecker ins ferne Südamerika mit seinen lockenden Schätzen aufgebrochen. Irgendwann musste er auch dorthin. Alleine? Oder mit Sarah? Mit wem sonst? Aber dieser Abstand, der zwischen ihnen lag. Was sie wohl dachte? Manchmal meinte er, sie habe gar keine Gefühle. Oder war ihr Bernhard näher als er? Konnte sie sich einfach nicht entscheiden? Wenn er einfach ihre Hand fasste, würde sie ihn nicht fassungslos anschauen? Was würde Bernhard dazu sagen? Sie waren nun schon so lange befreundet. Einen besseren Freund hatte er nicht. Aber was hieß schon

Freund? Ihr Innerstes hatten sie einander noch nie anvertraut.

Er folgte den undeutlichen weißen Silhouetten von drei Möwen, die die Ria überquerten, und horchte auf ihr fischhungriges Schreien, als sich von links ein anderes Geräusch einmischte. Zwei Gestalten näherten sich von der anderen Seite der Bucht. Sie liefen auf sie zu und schrien etwas auf Spanisch. Aufgeregt, in Panik, wie es schien. Als sie kurz vor ihnen waren, meinte er zu hören: „No sabe nadar! Ayudennos! No sabe nadar!" Dabei deuteten ihre Arme zum Meer hin. Als Robert ihren Gesten folgte, sah er wieder den dunklen Punkt im Wasser. Kurz vor der Felsenspitze, hinter der er gleich darauf verschwand. Robert setzte seine Brille auf.

Nun standen zwei Mädchen vor ihnen und versuchten ihnen klarzumachen, dass ihr Freund draußen im Wasser war und nicht schwimmen konnte. Er hatte sich zu weit nach draußen gewagt. Ihre Aufregung war eindeutig. Die Mädchen erwarteten von ihnen, dass sie einen Rettungsversuch unternahmen. Aber keiner von ihnen war ein Rettungsschwimmer.

Bernhard, der wusste, dass weder Robert noch Sarah Rettungsschwimmer waren, riet ihnen dringend davon ab, als sie sich daran machten, ins Wasser zu steigen. Robert hatte seine Brille schon wieder in den Schuh gelegt, da sie ihm von den Wellen weggerissen würde.

***

Sarah und ich schwammen am Anfang nebeneinander her, und ein warmes Gefühl von Gemeinsamkeit umfing mich, zumal Bernhard nicht dabei war. Bald schon aber nahmen die Wellen an Höhe und Kraft zu. Schließlich fing Sarah an zurückzubleiben. Als ich mich nach ihr umdrehte, rief sie mir –schon etwas atemlos- zu: „Die Wellen sind mir zu hoch. Ich schwimme zurück. Kommst du mit?" „Nein, ich schaffe das schon. Schwimm du nur zurück!" Stolz erfüllte mich. In langen, lustvollen Zügen schwamm ich weiter hinaus und spürte dabei die sorgenvolle Bewunderung von Sarah und Bernhard gleichsam als Rückenwind. Als ich um die Felsenspitze herum schwamm, hinter der der offene Ozean sichtbar wurde, sah ich rechts gleich den immer größer werdenden dunklen Punkt vor mir, der sich beim Näherkommen als der Kopf eines Menschen entpuppte. Bei ihm angelangt, erlebte ich schon gleich, was das Hauptproblem bei meinem Rettungsversuch war: Er wollte sich nicht hinlegen. Und ich war überrascht, als ich ihn sah. Ich hatte eine hilfsbedürftige Person erwartet, einen Schwächling, dem ich gerne geholfen hätte. Und der sich meinen Anweisungen beugte. Stattdessen erblickte ich einen kräftigen jungen Mann mit dunklen Haaren, mit einer Statur, die stabiler war als meine eigene. Als ich seine Hände fasste, spürte ich Hände, wie ich sie von Tennisspielern oder Seglern kannte, markig, knochig. Meine eigenen Hände waren dagegen die eines Intellektuellen oder eines Muttersöhnchens. Dieser Griff, den ich anwenden wollte, stand mir eigentlich gar nicht zu. Eher hätten die Rollen vertauscht sein sollen.

Aber ich hatte das Vorrecht auf das Meer. Ich fühlte mich dieser wilden Natur innerlich verwandt. Ich hatte ein Recht dazu, nicht die, die immer ein Gerät brauchten zwischen sich und den Elementen. Auch Bernhard schwamm am liebsten mit einer Luftmatratze unter sich auf den Wellen. Dann fühlte ich mich ihm grenzenlos überlegen. Es war mir, als umspülte das Meer mich wie eine Mutter ihr Junges. Ich war der eigentliche Sohn, kein anderer.

Deshalb nahm ich fraglos den Kampf mit den Wellen auf, obwohl ich nie eine Schwimmprüfung abgelegt hatte. Ich peilte die nächste Welle in all meiner Kurzsichtigkeit an, passte den richtigen Moment ab, um dem Burschen erneut zuzurufen: „Acuestate! Acuestate! Leg dich hin!" Dann versuchte ich wieder, seine Handgelenke zu packen, was mir auch gelang. Doch jedes Mal, wenn es so weit war, dass ich ihn, auf dem Rücken schwimmend, abschleppen konnte, versuchte er seinen

Körper in eine senkrechte Haltung zu bringen, in der ein Abschleppen unmöglich wurde.

Immer häufiger wurden wir so von der nächsten Welle überrascht, so dass wir uns nicht richtig auf sie einstellen konnten und stürzten kopfüber umeinander, in die Tiefe. Dabei musste ich ihn loslassen. Es erforderte ständig mehr Kraft, sich ihm erneut zu nähern und den Versuch von vorne zu beginnen. Mein Acuestate klang immer kläglicher. Auf einmal merkte ich, dass nicht nur die Rettung, sondern auch ich selber bedroht war. Zum ersten Mal bekam ich Angst, den Kampf zu verlieren. Bei den Bewegungen im Wasser wurde ich mit dem Kopf nach unten gedreht, spürte Sand in Nase und Ohren. Das Wasser nahm eine dunklere, undurchsichtige Farbe an. Die ungeheure Kraft des Atlantiks wurde mir bewusst. Der gurgelnde Weg nach oben, ins Hellere, war nur mühsam zu finden. Der Abstand zwischen den Wellen schien immer kürzer zu werden. Es wurde immer schwerer, den anderen zu finden. Gelang es mir dann doch, so ärgerten mich auf einmal seine kräftigen Hände. Plötzlich kam mir der Gedanke an den eigenen Untergang. Wut auf die Kraft des anderen erfüllte mich. Ein wenig fühlte ich mich betrogen. Was hatte er überhaupt hier draußen zu suchen? Wenn er schon nicht schwimmen konnte. Ich fasste den Entschluss zu überleben. Ganz plötzlich wurde es mir zur Gewissheit. Du willst nicht sterben. Egal, was mit dem anderen geschieht. Ich muss zurück schwimmen. Ich muss ihn im Stich lassen. Ich darf nicht mehr an ihn denken. Abrupt drehte ich mich um in Richtung Strand. Was hinter mir lag, interessierte mich nicht mehr. Und da schon, während ich zurück schwamm, kam mir der Gedanke, dass meine Trauer um den Ertrunkenen nicht ganz der Wahrheit entsprechen würde, zumindest nicht in der gezeigten Größe. Viel größer war die Enttäuschung, die ich an mir selber erlebt hatte. Ich war nicht der große Held, als der ich mir vorgekommen war. Ich war dem Kampf mit dem Meer nicht gewachsen. Kein besonderer Naturbursche, der die Warnungen der anderen einfach so in den Wind schlagen konnte. Und noch schlimmer: Ich ließ einen anderen einfach in seiner Not im Stich, um mein eigenes kleines Leben zu retten. Mich erfasste ein ungeheures Gefühl der Scham und der Niederlage. Etwas in mir brach vollständig zusammen. Ich begann zu zittern.

***

Als er zurückkam, zitterte er, und seine Zähne klapperten, als würde er frieren. Er schien völlig erschöpft und verzweifelt zu sein. Ich hatte ihn schon am Morgen vor dem Meer gewarnt. Aber nein, da musste er auch schon so weit hinausschwimmen. Und Sarah mit ihm. Dabei gab es hier keinerlei Rettungsdienst oder sonst eine Aufsicht. Hätte es sie gegeben, hätten sie bestimmt eine rote Fahne rausgehängt. Jetzt lag er auf dem Strand und hörte nicht auf zu weinen. Er lag mit dem Gesicht auf dem Boden, als wollte er sich in ihn hineinwühlen. Als könnte er nie wieder aufstehen.

Sarah ging sofort zu ihm hin und streichelte ihm über Kopf und Rücken. Ich muss zugeben, dass ich sehr eifersüchtig wurde. Einerseits tat mir Robert leid, andererseits geschah es ihm recht mit dem, was ihm passiert war. Er lebte immer zu sehr nach seinen Gefühlen und spontanen Einfällen. Einmal musste er lernen, dass das nicht gut gehen konnte. Und nun schien er trotz seiner Niederlage wieder vor Sarah der Sieger zu sein. Ging hier Mitleid und Bewunderung in Liebe über? Ich spürte deutlich, wie meine Chancen sanken. Kreidete Sarah mir nicht schon an, dass ich Robert nicht in gleicher Weise wie sie bemitleidete und bemutterte? Jetzt kniete sie neben ihm und flüsterte ihm etwas ins Ohr, was ich nicht verstand, vielleicht etwas Tröstliches. Er stammelte schluchzend eine Antwort, die ich auch nicht verstand, während sie ihm die Tränen von der Wange strich. Dabei hatte ich immer deutlicher das Gefühl, dass Robert uns etwas vorspielte. War es wirklich der Kummer um das Opfer? Oder spielte er uns etwas vor? Irgendetwas stimmte da nicht. Aber diese Intimität zwischen den beiden! Ich musste mich abwenden.

Doch was war mit dem Opfer? Jäh befiel mich erneut ein Schreck, während die beiden spanischen Mädchen jammernd neben uns standen. Wir mussten doch etwas unternehmen! Ich eilte zu einem Paar mit zwei Luftmatratzen, die am anderen Ende der Bucht lagerten. Verzweifelt versuchte ich ihnen klarzumachen, dass wir die Luftmatratzen benötigten, um nach dem leichtsinnigen Nichtschwimmer zu suchen. Die beiden spanischen Mädchen kamen mir zu Hilfe. Dann machten sich der Mann und schließlich auch Robert, der sich plötzlich ein wenig erholt zu haben schien, auf den Weg ins Wasser, vor allem in die Nähe der Felsen zu beiden Seiten der Bucht. Um was zu tun? Eigentlich waren sie doch nun auf der Suche nach einer Leiche. Aber auch Robert schien die Tätigkeit des Suchens von der schrecklichen Gewissheit abzulenken, dass hier ein Mensch ums Leben gekommen war. Sarah und ich kletterten gleichzeitig unter Mühen auf die scharfkantigen Felsen, um von dort oben ins Wasser zu schauen, eigentlich auch eine unsinnige Tätigkeit, da das Wasser viel zu aufgewühlt war, um in der Tiefe etwas erkennen zu können. Schließlich, als wir alle die Suche schon aufgaben, tauchte ein Mädchen aus dem Dorf auf, um uns zu berichten, was wir insgeheim alle gehofft hatten: Der junge Mann lebte. Man hatte ihn im Dorf fürchterlich ausgeschimpft, dass er so leichtsinnig gewesen war und bei dieser aufgewühlten See ins Wasser gestiegen war, wo er nicht einmal richtig schwimmen konnte. Er hatte sich dann aber über eine Sandbank gerettet, die er an ruhigen Tagen kennengelernt hatte. Merkwürdig war nur, dass Robert überhaupt nichts von ihm gesehen haben wollte.

Als wir in unsere Pension in der Stadt zurückkehrten, waren wir nicht mehr zu dritt. Wir waren ein Paar und ein drittes Rad am Wagen. Zumindest fühlte ich mich so.

***

Lieber Robert, heute habe ich dein Geständnis gefunden. Und damit mache ich gleichzeitig dir ein Geständnis. Du wirst dich vielleicht wundern. Aber seit längerer Zeit bin ich eifersüchtig. Nicht auf eine Person, sondern auf dieses Gerät hier. Erstens verbringst du ja doch sehr viel Zeit mit ihm, im Grunde fast mehr als mit mir. Vor allem aber hatte ich vermutet, dass du ihm Gedanken anvertraust, die du eigentlich mir anvertrauen solltest. Und als ich nun las, bestätigte sich meine Vermutung. Ich mache dir keine schweren Vorwürfe. Aber doch muss ich dich fragen: Warum vertrautest du mir nicht auch diese Gedanken an? Gut, nun wolltest du es vielleicht, wusstest aber noch nicht, wann. Nach deinem Tod? Das ist doch verrückt! Wie vieles haben wir nicht miteinander geteilt! Nicht immer in vollkommenem Einvernehmen. Aber alles bildete doch schließlich unsere gemeinsame Welt. Wir wissen ja beide, dass es in unser beider Fall nicht Liebe auf den ersten Blick gewesen ist. Aber musste es das sein? Was danach alles kam, war doch Liebe genug, wenn nicht im Überfluss. Und das ganze gegenseitige Vertrauen, was wir immer einander entgegenbrachten. Wir wissen doch beide, wie wertvoll das war und ist, und wie wenig selbstverständlich, wenn wir uns in unserer Umgebung umschauen. Natürlich braucht jeder auch seinen eigenen Bereich, zumindest eine Zeit lang. Ich verstehe jetzt, dass dir das dein Computer ist. Vielleicht habe ich auch irgendwo meine eigenen Schubladen, die für dich kurze Zeit verschlossen oder geheim sind. Aber wir sollten es doch immer wieder schaffen, sie zu öffnen, damit unser Leben weiter ein gemeinsames bleibt. Und je älter wir werden, umso wichtiger ist das doch und eigentlich auch umso leichter. Und die verbleibende Zeit wird ja kürzer und kostbarer. Oder siehst du das anders? Das kann ich mir nicht vorstellen. Deshalb soll dieser optische Lauschangriff, wenn du ihn entdeckst, zu einem neuen Anfang führen. Ich freue mich schon darauf.

Was deine damalige Unehrlichkeit angeht, so bin ich tatsächlich überrascht. Als du am Boden lagst und heultest, fragte ich dich: „Hast du ihn nicht gefunden?" „Nein, ich habe ihn nicht gefunden", war deine Antwort. Ich glaubte dir und bewunderte dich für deinen Einsatz. Von der missglückten Rettung hast du mir nie erzählt. Auch nicht, wie dein Bild von dir selber in nichts versank. Ein wenig enttäuscht über deine Unehrlichkeit bin ich schon. Mehr noch darüber, dass du sie so lange geheim gehalten hast. Trotzdem habe ich keine Schwierigkeiten damit, dir zu verzeihen. Deine vermeintliche Heldentat hatte wirklich den Ausschlag gegeben, mich zwischen dir und Bernhard zu entscheiden. Es schmerzt mich aber nicht, wenn die Entscheidung auf einem Irrtum beruhte. Dass du anders warst, als ich zuerst gedacht hatte, zeigte sich ja schon bald. Aber was bedeutete es letztlich? Du warst menschlicher. Vielleicht hatte ich das irgendwie doch schon geahnt. Und Bernhard hat sich vielleicht auch richtig entschieden, wenn er bald darauf den Priesterberuf erwählte und nun in Bolivien arbeitet. Da ihr ja immer noch Kontakt zueinander habt, könntet ihr eigentlich auch einmal –spät, aber immerhineine Stunde der Wahrheit kommen lassen. Meinst du nicht auch?